Drache

Jagdhunde

Großer Bär

Luchs

Kleiner Löwe

KAREN KÖHLER

WIR HABEN RAKETEN GEANGELT

ERZÄHLUNGEN

CARL HANSER VERLAG

4 5 6 7   18 17 16 15 14

ISBN 978-3-446-24602-7
© Carl Hanser Verlag München 2014
Alle Rechte vorbehalten
Satz im Verlag
Druck und Bindung: CPI – Ebner & Spiegel, Ulm
Printed in Germany

INHALT

Il Comandante 11
Cowboy und Indianer 37
Polarkreis 85
Name. Tier. Beruf. 109
Wir haben Raketen geangelt 125
Familienportraits 139
Starcode Red 159
Wild ist scheu 189
Findling 225

MEINEM RUDEL

»I TRIED TO DROWN MY SORROWS,
BUT THE BASTARDS LEARNED HOW TO SWIM.«
FRIDA KAHLO

iL COMANDante

JETZT. ALSO SAMSTAG. SAMSTAG, DER 2. JUNI.

Keiner da. Das ist gut. Ich ziehe mir die Perücke vom Kopf, nehme gleich alle Steine aus der Schale und befülle die Perücke damit, steige auf die runde Holzbühne, hocke mich vor den Altar und lege den Perückensteinbeutel vor mich hin. Nicht nur ein *Stein*, sondern ein ganzes *Nest der Schwere*. Hole mein Telefon raus und fotografiere das Nest mit einer Polaroid-App. Ich klicke: Nachrichten. Klicke: Cesar. Klicke auf das kleine Fotosymbol. Lade das Bild und schreibe: *I even did my hair for you. I hope they serve Banana Split in heaven*. Klicke: Senden. Mache dann Musik an. Interpret: Buena Vista Social Club. Volle Lautstärke *Hasta Siempre Comandante*.

DER MONTAG DAVOR

Ich liege auf der 14 A, Zimmer 11 und habe das Bett am Fenster. Die Diplompsychologin hat sich auf den Stuhl zwischen Bettkante und Fensterbank gesetzt und schaut mich aufmunternd an. Es ist ihr dritter Versuch in sieben Wochen. Jederzeit könne ich mich bei ihr melden. Dafür sei sie ja schließlich da. Ich brauche mich nicht für meine Schwäche zu schämen. Hinter ihr schieben sich wilde Wolken durch Fensterrahmen. Ich könne jetzt gleich einen Termin mit ihr vereinbaren. Sie habe Verständnis für meine Situation und Erfahrung mit Patienten wie mir. Sie könne sich meine Gefühle und Ängste gut vorstellen. Ein Playboy-Hase fliegt auf den

Diplompsychologinnenkopf zu. Jetzt hat sie vier Ohren. Sie wisse, dass gerade in meiner Situation oft Überforderungen im Umgang mit der Krankheit auftreten und dass sowas auch eine Partnerschaft belasten könne. Ich blicke weiter aus dem Fenster. Die Hasennase kommt als Schlange wieder aus ihrem Ohr heraus. Ich solle mich nicht scheuen, den kostenlosen Patientendienst in Anspruch zu nehmen und mich bei ihr melden, wenn ich Hilfe benötige.
»Danke. Ich habe kein Interesse«, sage ich. Dann geht die Tür auf und der Arzt kommt zur Visite. Oberarzt Doktor Kehlmann schäkert, sie verschwindet. Endlich. Eine Maus fliegt vorbei.
»Wie geht es uns heute?«, fragt Dr. Kehlmann.
Die Maus wird zu einem Dackel.
»Na gut. Dann wollen wir uns das mal ansehen.«
Kehlmann schlägt die Bettdecke von meinem Bauch und zieht sich Einweggummihandschuhe an. Ich hebe das T-Shirt. Wir gucken auf den Beutel. Mitten in meinem Bauch ist neuerdings ein Loch. Über dem Loch klebt die Platte, an der Platte ist eine Öffnung mit einem Verschluss, und daran hängt der Beutel. In dem Beutel ist meine Scheiße. Das ganze heißt Stoma. Künstlicher Darmausgang. Den habe ich seit vier Tagen. Seit 29 Tagen habe ich eine Glatze, genauer gesagt habe ich mittlerweile gar keine Haare mehr am Körper. Seit zwei Tagen hat sich Tom nicht mehr gemeldet. Ich bin 33 Jahre alt und habe Krebs. *Wiesollunsdennheuteschongehen.*

»Kommen Sie mit dem Stoma zurecht?« Ich nicke. Kehlmann entfernt den Beutel, in dem sich mein Frühstück befindet, eine Pampe aus Tee und Apfel. Ein Geruch, an den ich mich noch immer nicht gewöhnt habe, breitet sich aus. Kehlmann betupft und säubert mit der freien Hand die Öffnung.

»Ahh. Das sieht doch wunderbar aus, das ist sehr gut verheilt«, sagt er, während er den kleinen roten Mund in meinem Bauch begutachtet. Ein Stückchen Dünndarm schaut da heraus, vernäht zu einer Öffnung. Mich ekelt dieser Schlund.
»Vertragen Sie den Kleber von der Platte?«
»Glaub schon.«
»Kein Juckreiz?«
»Nö.«
»Das ist gut. Unsere Stoma-Therapeutin wird Ihnen zeigen, wie Sie in den nächsten Monaten selbständig alles wechseln können.«
»Das hat sie schon.«
»Achso. Ja. Wenn Sie entlassen werden, kommt sie zu Ihnen nach Hause und versorgt Sie mit Utensilien.«
Doktor Kehlmann geht zum Waschbecken und entleert den Beutel. Ich stelle mir vor, wie die Stoma-Therapeutin bei Tom und mir zu Hause auf dem Sofa sitzt und uns wie ein Staubsaugervertreter Beutel und Platten andreht.
»Das wird schon. Übung macht den Meister. In ein paar Monaten sind Sie ein Profi. Den werden Sie gar nicht mehr loswerden wollen …« Kehlmann klickt gekonnt den Beutel an den Verschluss.
Ich will darin kein Profi werden. Ich will meinen alten Bauch zurück. Ohne Loch. Ich will meine Wimpern zurück, meine Augenbrauen und meine langen Haare. Ich will, dass Tom neben mir liegt und ich mich einrolle.
Kehlmann schiebt meine Hose herunter und wechselt den Verband der Narbe, die einmal quer über meinen Unterbauch verläuft und aus der ein Schlauch herausführt, der in einem weiteren Beutel mit Wundsekreten endet.
»Ich bin ein Beuteltier.«
Kehlmann lacht und untersucht die Wunde. Darunter: Mein

stillgelegter Restdickdarm. Jetzt funktionslos und hoffentlich auch karzinomfrei.

»Das sieht auch sehr gut aus. Wir entfernen bald die Drainage.«

Er blättert in der mitgebrachten Kartei, macht Notizen und sagt, man habe jetzt den Befund von den Lymphknoten. Diagnose pT3pN2. Das bedeute, dass man über weitere Therapien nachdenken müsse, er werde mit mir noch für diese Woche einen Termin vereinbaren, damit wir alles genau besprechen können. Zunächst wolle er sich aber auf der Tumorkonferenz mit seinen Kollegen beraten. Die Schwester werde mir den Termin mitteilen. Wahrscheinlich sei der Mittwoch. Das sei alles kein Grund, den Kopf ...

Weitere Therapien, was für Therapien, wie kann das sein, dass da nach sechs Wochen Chemo jetzt noch was befallen ist, ich dachte, ich bin jetzt fertig, was kommt denn da noch, pT3pN2, warte mal, N2 bedeutet mehr als drei benachbarte Lymphknoten, das ist doch schlecht, oder nicht, ist auch mein Blut befallen, wird das wieder, warum sagt er denn nichts, was ist mit der Leber und der Bauchspeicheldrüse, was sagt er, FOLFOX, wieso FOX, wohin frisst sich das noch, was heißt denn weitere Therapien, wieso denn Plural, danach noch mal FU5, ambulant oder stationär, dafür bekomme ich einen Port über dem Herzen, was ist das, ein Port, ein Hafen, warte ...

Doch bevor ich etwas sagen kann, ist er verschwunden, und ein Pferd galoppiert durch den Himmel.

DIENSTAG

Die Klinik heißt wie ein griechischer Gott. Ein hässliches, schmales, braunes Gebäude, dass gar nicht erst den Anspruch hat, gut auszusehen. Unverschämt und vollverglast steht es in der Stadtlandschaft herum. 21 Stockwerke hoch. Ich starre auf den braunen Klopper und versuche, mein Zimmerfenster auszumachen. Zum ersten Mal seit Wochen habe ich das Gebäude verlassen. Habe gestern eine neue Zimmernachbarin bekommen, die jede Menge Besuch am Start hat. Ehemann, Eltern, Schwester, Kinder, Freunde. Der Strom reißt da gar nicht ab. Deshalb bin ich jetzt hier unten am See. Obwohl, See ... Teich. Besser: Tümpel. Sieben Enten und ein Fischreiher sonnen sich darin. Rhododendron blüht. Bäume rauschen. Einige davon entladen ihre weißen Flusen in die Luft. Denke: Baumwolle.
Ich setze mich auf eine Bank am Ufer. Dann wische ich übers Glas. Entriegeln. Gebe den Code ein. Klicke auf Telefon. Anrufliste. Tom. Es tutet. Wieder nur die Mailbox. Ich versuche, zuversichtlich zu klingen.
Der Hubschrauberlandeplatz liegt bedrohlich auf einer Erhöhung neben dem See. Jederzeit kann hier was landen, ein Unfallopfer mit schwachem Puls oder eine Kühltasche mit den Organen eines Toten.
Der Fischreiher hebt unvermittelt ab. Ich lege auf.

Langsam schleppe ich mich wieder zum Haupteingang. Eine Hochschwangere watschelt mir mit dem werdenden Vater entgegen. Die Geburtsstation, das *Storchennest*, ist gleich nebenan im kleineren, schöneren Gebäudekomplex. Ich lächle über ihren Bauch und muss *Praline* denken. Sie sieht mich mitleidsvoll an, er schaut weg, beide gehen grußlos vorbei.

Ich weiß selber, wie ich aussehe. Blass. Froschig. Krank. Mein Kopftuch ist schweißnass, als ich endlich vorm Haupteingang stehe, mein T-Shirt unter Toms Pullover klebt an der Haut. Unter beiden Beuteln laufen kleine Bäche.
Im Raucherpavillon sehe ich einen Krebspatienten. Unsere Blicke treffen sich. In seinem liegt Übermut, in meinem Unverständnis. Ich drehe mich ins Gebäude, und biege, weil ich Durst habe, in das Krankenhauscafé ab, das den genialen Namen *Café Bistro* trägt. Ein Kundenfänger steht vorm Eingang. Schnitzel sind heute im Angebot.
Als die Bedienung an meinen Tisch kommt, bitte ich um ein Glas Leitungswasser.
»Mehr nicht?« Sie schaut mich an.
»Ich bezahle es meinetwegen auch«, sage ich.
»Schon gut«, sagt sie, »aber dass mir das nicht zur Gewohnheit wird.«
Ich schüttele den Kopf.
Das Krankenhauscafé könnte sich auch in einem Hotel an der Ostsee befinden, das in den 90ern zuletzt renoviert wurde. Vor einer halbrunden Fensterfront stehen sechs Tische, Holzlaminat und Stahlbeine, mit jeweils vier dazu passenden Stühlen. Um eine Säule in der Mitte des Raumes wurden mehrere Zweierensembles gruppiert. Die bleiben immer am längsten frei. Zuerst füllen sich die Fensterplätze. Auf allen Tischen stehen Ständer mit der Speise- und Eiskarte und weiße Vasen, in denen kleine Kunststraußgebinde stecken, die vergeblich versuchen, Frühling zu verbreiten. Außer mir sitzen noch fünf weitere Gäste im Café.
Die Bedienung balanciert zwei Kuchenteller mit einer Hand, stellt mir im Vorbeigehen das Wasserglas auf den Tisch und flötet ein *Bittesehr*.

Dann sehe ich ihn: Ein älterer Mann kurvt im Rollstuhl herein. Eine Wollmütze thront auf seinem Kopf, unter der sich seine schwarzen Locken beulen, seine Augen verdeckt eine große Designer-Sonnenbrille. Er rollert ungeübt aber zielstrebig auf einen Fenstertisch zu, ein Lächeln findet den Weg durch seinen grauen Rauschevollbart. Was lächelt der, er ist in einem Krankenhaus, warum hat der so gute Laune. Er überstrahlt alles, was ich in den letzten Wochen hier gesehen habe, ach Quatsch, er überstrahlt auch vieles außerhalb dieses Krankenhauses. Kann mich gar nicht sattsehen. Der kann doch gar nicht krank sein.

»Hello, my friend«, ruft ihm der Café Bistro-Chef zu.

»Buenos dias, amigo«, sagt er, schiebt umständlich einen Stuhl zur Seite und platziert sich aufwendig am Fensterplatz des Tisches. Rückwärts einparken in siebenundzwanzig Zügen.

»What can you offer me today?« Seine Stimme ist wie ein Instrument, laut und tief.

»Fish and Pommes mit Salad?«, stümpert der Bistro-Chef.

»Pescado y patatas fritas, muy bien, danke schön«, sagt er und legt sein Smartphone auf den Tisch. An den Fingern der linken Hand stecken mehrere Goldringe, an seinen Ohrläppchen glitzern Steine. Er trägt etwas um den Hals, das wie ein Union Jack aussieht. Eine Wolldecke liegt über seinen Beinen, die in irgendeiner Jogginghose stecken, in seinem Schoß liegt ein Hipbag. Obenrum: Ein ausgewaschenes helles T-Shirt und darüber eine dunkelblaue Jacke. Er sieht in meine Richtung.

Nicht, dass hier vorher viel geredet wurde. Jetzt aber, jetzt schauen alle auf den Popstarparadiesvogelpatientenopa. Und er schaut mich mit seinen Popstarsonnenbrillenparadiesvogelaugen an. Ich versuche ein Lächeln.

Das war unsere erste Begegnung.

MITTWOCH

Doktor Kehlmann redet nicht lang herum. In vier von sechzehn Lymphknoten wurden bösartige Tumorzellen gefunden, was bedeute, dass das Karzinom bereits gestreut habe und nun weitere Therapien mit Zytostatika anstünden. Man wolle ganz sichergehen, dass alle eventuell im Körper befindlichen Krebszellen abgetötet würden. Dazu sei auch ein stärkeres Medikament notwendig. Es wird eine ambulante Behandlung mit FOLFOX vorgeschlagen, und anschließend, nach einer Pause von drei Wochen, nochmals mit FU5, das ich ja bereits gut vertragen habe. Ambulant bedeute, dass man mir nun einen Port einpflanzen werde, das sei eine Art Andockstation, die über dem Herzen an eine Vene operiert würde, in die dann die Chemotherapien der nächsten Monate laufen werden. Die wöchentliche Dosis könne ich mir in einer Praxis in der Nähe abholen, das Medikament werde mit einer kleinen Pumpe an einem Gürtel um den Bauch getragen, ein Schlauch führe dann über eine Kanüle zum Port, von wo es dann kontinuierlich in den Körper gelange. Die Operation sei nächste Woche, der genaue Termin werde mir mitgeteilt. Der Port habe den enormen Vorteil, dass ich während der nächsten Monate ein weitgehend selbständiges Leben führen könne. In einem halben, dreiviertel Jahr sei ich damit spätestens durch. Wenn alles gut ginge, also bei günstiger Entwicklung der Heilung, würde danach der künstliche Darmausgang wieder entfernt und eine Rückoperation des Darms durchgeführt werden.

Alles ist wie in Watte, als ich im Fahrstuhl nach unten fahre. Und weil ich mich verdrückt habe, fahre ich nach ganz unten. Ins UG. Das merke ich aber erst, als ich ausgestiegen bin und

der Fahrstuhl wieder weg ist. Vor mir tut sich ein schmuddeliger Gang auf. Ein Schild weist links den Weg zum Bettenlager. Oh ja. Da will ich hin. Unbedingt. Ich bin so müde. Ich folge den Schildern, bis ich in einem großen Raum voller leerer Krankenhausbetten stehe, die nicht bezogen sind. Ich überlege, in welchen wohl Leute gestorben sein könnten und lege mich in eines, von dem ich glaube, dass es unbestorben ist.
Ich stehe am Fenster eines hohen Turms und aus meinem Bauch kommt ein Schlauch, den ich aus dem Fenster lasse. Unten steht Tom. Er versucht, an dem dünnen Schlauch zu mir hochzuklettern, aber der Schlauch wächst, wird länger und länger und Tom landet immer wieder auf dem Boden, während ich oben stehe und vor Schmerzen schreie. Ich denke noch im Traum, dass das ein gefundenes Fressen für die Diplompsychologin wäre, dann weckt mich ein Pfleger. »Was machen Sie denn hier? Hier können Sie nicht schlafen.« Ich sammle mich zusammen und verschwinde.

Mein Blick wandert zwischen den sechs Fahrstühlen hin und her, von denen keiner kommen will, und bleibt an dem Wort *Kapelle* hängen. Das Schild zeigt nach rechts und ich folge ihm, weil ich nicht glauben kann, dass hier unten irgendwo eine Kapelle sein soll.
Aber doch: *Gottesdienst nächsten Sonntag um 10:15 Uhr.*
Ein Gästebuch liegt auf einem Pult am Eingang des Vorraums. An den Wänden hängen christliche Symbole. Ein Gang führt weiter in eine rechtsdrehende Schnecke und mündet in einen runden Raum, der das Herz der Kapelle bildet. Die Atmosphäre ist klar und freundlich. Es gibt eine runde Holzbühne mit einem Altar darauf, die von einem Oberlicht beleuchtet wird. An der gegenüberliegenden Raumseite

sind Stühle im Halbkreis angeordnet. Ich setze mich und lausche. Eine Lüftung rauscht. Vor mir steht ein kleines Tischchen mit einer Schale darauf, in der Steine liegen. Hinter dem Altar sind Seile von der Decke zum Boden gespannt, an denen Goldquadrate befestigt sind, die in unterschiedlichen Winkeln zueinander das Licht reflektieren. Das sieht sehr schön aus. Ich zähle die Seile. 14. An jedem Seil sind 21 Goldplättchen. Macht 294. Ist das eine christliche Zahl? Ich will ein Foto machen und sehe, dass ich eine Nachricht von Tom erhalten habe.
Gib mir Zeit. Tom

Ich stehe auf und fotografiere wirr herum. Kerze. Klick. Altar. Klick. Decke. Klick. Orgel. Klick. Der Raum Klickklickklick. Pfingstrosen. Bibel. Klickklick. Ein Relief an der Wand zeigt einen Kranken, der am Boden liegt und einen Gesunden, der ihm aufhilft. Nur sieht es eben so aus, als würde der Gesunde den Kranken runterdrücken. Klick.
Neben der Schale mit den Steinen auf dem Tisch liegen Gebrauchsanweisungszettel.
Einladung zur Begegnung mit Gott.
Haben Sie Kummer? Sorgen? Ist Ihr Herz schwer?
Nehmen Sie sich einen Stein aus der Schale, lassen Sie ihren Schmerz und Ihre Angst, alles, was Sie beschwert, aus sich heraus und in den Stein hineinfließen. Gott trägt Ihre Last gern für Sie. Er kann Ihnen dabei helfen, leichter zu werden. Legen Sie Ihren »Stein der Schwere« in die Schale auf den Altar. Beim nächsten Gottesdienst wird für jeden in der Schale liegenden Stein eine Fürbitte gesprochen werden.
Haben Sie einen Wunsch? Nehmen Sie sich einen der Zettel, einen Augenblick Zeit und schreiben Sie Ihren Wunsch auf. Gottes Ohren sind offen. Auch für Sie.

Ich glaube ja nicht an so was, also dass das irgendwas bringt, nehme aber trotzdem Stein, Zettel und Stift und setze mich auf die Holzbühne.
Ich packe meinen Beutel in den Stein. Meine Scheiße. Meine Angst. Den ganzen Krebs. Ich packe Toms Unsicherheit in den Stein. Meine Trauer. Meine verlorenen Wimpern. Ich presse und drücke alles Schlechte in den Stein. Dann schreibe ich LIEBE auf den Zettel, falte ihn zweimal und denke, dass das blöd war, dass ich mir lieber Gesundheit hätte wünschen sollen. Ich trete an den Altar, lege Zettel und Stein in die Schale, und betrachte danach die aufgeschlagene Seite in der Bibel. Johannes 21.1 *Die Erscheinung des Auferstandenen am See.*
See, denke ich.

Natürlich sitzt er da. Er sitzt da am Ufer, in der Sonne, mit dem Kopf im Nacken und weit geöffnetem Mund. Der Paradiesvogelpopstarsonnenbrillenopa im Rollstuhl. Sieht aus, als schicke er einen stummen Schrei in den Himmel. Diesmal trägt er eine Art Kapitänsmütze, ansonsten ist die Verkleidung wie gestern. Nur ist der Union Jack ein Sternenbanner, wie ich jetzt erkennen kann.
»Hello«, sagt er, als ich an ihm vorbeigehen will.
»Hello«, sage ich und bleibe stehen.
»Hola, beautiful Donna, come va? It is such a nice day, si? Why don't you take a piccolo Pause? Would you like to sit on the bench?«
Warum nicht.
»Why not«, sage ich.
»Hablas Espanol?«
»Nö«, sage ich. »I don't speak Spanisch. But a little Italian. Posso parlare un po italiano.«

»Italiano, muy bien. Boungiorno.«
»You want me to push you?«, frage ich und will schon hinter seinen Rollstuhl greifen, um ihn anzuschieben, aber er legt den Kopf schräg und fragt, ob ich verrückt sei, dann arbeitet er sich an den Rädern des Rollstuhls ab, bugsiert sich neben die Bank und macht wieder diesen stummen Sonnenschrei. Er sagt: »Ohhh it's so good, the sun.«
»What are you doing?«
»I am drinking the sunlinght.«
»What?«
»Try it. This is good, Baby.«

Mir ist alles egal, ich reiße meinen Schnabel auf, und, tatsächlich, es fühlt sich gut an, wie die Sonne meinen Mund von innen wärmt. Aber noch viel besser fühlt es sich an, etwas Komisches zu tun. Etwas Seltsames. Etwas, was nicht alle machen. Etwas, das diese Krankheitseinöde verläßt.
»Good, ehm?«
»Gnhm.«
»Baby, can you feel it?«
»I can feel Kiefernstarre«, sage ich nach einer Weile.
»Yeah.«
Wir fangen an zu lachen, es schüttelt uns, wir können gar nicht mehr aufhören, immer heftiger werden die Salven, wir krümmen uns, meine Bauchmuskeln tun weh und die Narbe schmerzt, und trotzdem reißen wir immer wieder unsere Münder auf, um Sonne zu trinken, bis bei mir Tränen laufen und mein Lachen in ein Weinen übergeht.

Als es vorbei ist, hängt Rotze aus meiner Nase und ist in meinem ganzen Gesicht verteilt. Er gibt mir ein Taschentuch. Das nicht ausreicht. Und noch eines.

»Why are you so sad, Baby?«
Warum ich traurig bin. Sehr witzig.
»I have cancer.« Idiot.
»Yeah, I can see that.« True.
»I might die«, versuche ich. Aber er lacht nur sein Donnergrollenlachen.
»You will die for sure, Baby. We all will… My name ist Cesar, and I am happy to have met you before you died.«

Eine Stunde später schiebe ich meinen neuen Freund zu Musik aus seinem Smartphone, *Love's Theme* von Barry White, zurück zum Haupteingang. Inzwischen weiß ich, dass er Sohn einer Kolumbianerin und eines Amerikaners ist und in Kuba geboren wurde, weshalb ich ihn *Comandante* nenne. Ich weiß auch, dass er in New York und in San Francisco gelebt hat. Dass er zweimal verheiratet war, und dass seine zweite Frau vor vier Jahren gestorben ist. Der Comandante ist 72 Jahre alt und wird seit zwei Wochen hier im Krankenhaus behandelt, dies ist sein erster Krankenhausaufenthalt überhaupt. Sein Bett ist auf Station 12, Zimmer 5. Wir haben Handynummern ausgetauscht. Jetzt wollen wir Eis essen.

Ich kutschiere ihn zu seinem Fenstertisch, der gerade frei wird, sage, ich käme gleich wieder und zeige in Richtung der Toiletten. Auf dem Klo knie ich mich vor die Schüssel, schraube den Verschluss vom Beutel auf und lasse den Inhalt ablaufen, ist nicht viel drin, aber ich will sichergehen.
Als ich wieder am Tisch ankomme, stehen da zwei *Banana-Split-Eisvariationen* bereit und Cesar hat schon den Löffel in der Hand.
»My favourite!«, sagt er und fällt über das Eis her.

DONNERSTAG

Habe den ganzen Vormittag geschlafen, war von gestern sehr erschöpft. Eigentlich soll ich noch gar nicht so viel sitzen, geschweige denn Rollstühle herumschieben.

»Sie haben das Mittagessen ja gar nicht angerührt«, siezt mich meine Lieblingsschwester. »Das ist jetzt der dritte Tag ohne Mittagessen und Abendbrot. Von Tee und einem Apfel am Tag werden Sie nicht wieder fit.«
»Ich weiß«, sage ich, »an apple a day keeps Kehlmann away.«
Sie lacht.
»Aber wenn das so weitergeht, muss ich es melden.« Sie zwinkert mir zu. »Was ist denn los?«
»Habe keinen Appetit«, sage ich. Sie setzt sich auf meine Bettkante.
»Was gab es denn heute?«, fragt sie.
»Weiß nicht, hab nicht reingeschaut.«
Meine Lieblingsschwester ist meine Lieblingsschwester, weil sie daraufhin den Plastikdeckel vom Teller anhebt, die Mundwinkel nach unten zieht und meint: »Nix verpasst, würd ich sagen.« Dann räumt sie das Tablett weg und kommt mit einem Schokoriegel wieder.
»Du brauchst Kraft. Iss das hier wenigstens.«
Ich nicke und packe den Riegel aus, sie winkt mir zu und schließt leise die Tür. Ich beiße ab, obwohl mir Essen seit kurzem zuwider ist. Davon beult sich der Beutel so aus, man sieht alles, kann genau erraten, was es war, eine bunte Pampe, manchmal auch noch mit Luft vermischt. Dafür furze ich jetzt nicht mehr.
Ich kann verstehen, wenn Tom mich nicht mehr will. Stelle mir vor, dass er heimlich ausgezogen ist, dass er mit Sack

und Pack aus der Wohnung raus ist, weil er es nicht mehr aushält mit mir. Weil ich jetzt hässlich, krank und bedürftig geworden bin. Ich stelle mir vor, wie er seinem besten Freund sagt, dass das nicht mehr geht mit uns. Runterschlucken. So. Schokoriegel ist im Bauch, bald im Beutel.
Dingding. Nachricht vom Comandante.
Ready for Nachtisch? Cesar
Si, Comandante. I need a coffee. Meet you in 10 minutes @ café-bistro?
Yeah, Baby.

Als ich zehn Minuten später pünktlich im Krankenhauscafé stehe, sitzt Cesar schon an seinem Fensterplatz. Wie macht er das nur. Alle anderen Tische sind belegt. Wie stellt er es an, dass er immer am selben Platz landet.
»Hello, my sweetheart«, sagt er und hebt zur Begrüßung seine Kapitänsmütze.
»Captain, my Captain«, sage ich und setze mich ihm gegenüber.
Der Bistro-Chef bringt ein Banana-Split-Eis und stellt es vor Cesar ab, der sich die Hände reibt. Das gibt's doch nicht. Der haut jeden Tag so nen Becher weg, oder wie.
»Por favor, Señor Cesar.«
»Gracias.«
»De nada. Und für die Dame?«
»Ich nehme einen Espresso.«
»Kommt sofort.«
»How are you today, sweetheart?«
»Okayisch. And you?«
»I am happy«, sagt der Comandante und lächelt in seinen Bart.
Dingding. Nachricht von Tom.
»Fucking hell, I love this shit«, Cesar löffelt Sahne in sich rein.

Ich komme am Samstag. Wie geht es dir? Tom
Wie es mir geht, passt nicht in eine Kurznachricht.
Cesar guckt mich an.
»Bad news?«
»No. Good news.«
»Why are you sad then?«
»Soo. Der Espresso für die Dame.«
»Danke.«
»Gracias.«
»Bittesehr.«
»I am not sad, I am mad with my boyfriend.«
»Why?«
»He did not show up for a while. «

Und dann will der Comandante alles wissen, wie mein Freund heißt, was er macht, seit wann wir ein Paar sind, wie lange wir schon zusammenwohnen. Ich erzähle, dass er sich fünf Tage nicht hat blicken lassen, und dass ich eine Scheißangst habe, dass er mich verlässt wegen dem Krebs und dem Beutel, und dass ich jetzt hässlich bin und denke, er suche sich genau in diesem Augenblick eine andere, gesunde, beutellose, schöne und bessere Freundin. Und der Comandante sagt, dass das sicher auch für Tom alles nicht einfach sei, und fragt, ob ich Fotos von uns habe. Klar hab ich welche, in meinem Telefon stapeln sie sich. Tausendfach. Ich zeige ihm welche aus dem Urlaub im letzten Jahr. Da waren wir auf Kreta. Tom in einer Taverne mit Ouzoglas vor sich. Tom beim Lesen. Eine Verpackung von griechischem Zucker. Meine Füße im Meer. Tom und ich auf einer Fähre, meine Haare wehen, wir sind glücklich. Ich im Bikini auf einem Felsen. Eine Blüte. Ich mit einem Eis am Stil. Tom neben einem Esel.
»He's coming on saturday«, sage ich.

»Tell him, you are happy to see him soon. Just do it.«
Aye, aye, Captain. Ich tippe artig *freue mich darauf, dich zu sehen* ein und klicke Senden.
»Man! You are a very pretty woman.«
»Not anymore.«
»Your hair will grow back.«
»Don't know. I'm going to get more chemical treatment.«
»You will be alright.«
Aber ich weiß nicht, ob ich *alright* sein werde.
»Look at me«, sage ich, und ziehe mein Kopftuch ab, und es ist mir jetzt scheißegal, dass wir in einem Restaurant sind und Cesar gerade einen Eisbecher vor sich hat, ich hebe auch noch meinen Pullover an und zeige den Beutel. Und dann will ich von Cesar wissen, ob er sich vorstellen kann, mit einer Frau Liebe zu machen, die keine Haare am Leib und so einen Beutel am Bauch hat.
Er schweigt. Ich trinke meinen Espresso aus.
»You see«, sage ich.
»Wait«, sagt er und winkt dem Chef. »Zahlen, bitte.« Als er das erledigt hat, parkt er aus.
»Vamos! Pronto, pronto!« Cesar rollt durch die Eingangshalle am Informationsstand vorbei, rollt weiter, am Briefkasten und an den Automaten vorbei, er passiert den Kiosk, biegt dahinter links ab, direkt zum Friseurladen mit den Perücken. Schwupps ist er im Laden drin.
»No! Cesar, no!«
»Just try one.«
»Cesar, Scheiße, ich will keine Perücke, das kratzt, it's itchy, und look, they are all very, very ugly. Das sind Omaperücken. You understand? Grandmastyle.«
»Guten Tag, kann ich Ihnen behilflich sein?«, fragt die Verkäuferin.

»Wir suchen eine Haare«, sagt Cesar, »but schöne Haare, not Omafrisur for this Lady.«
Die Verkäuferin hebt eine Augenbraue, dann sieht sie mich an und fragt: »Welche Länge darfs denn sein?«
»Halblang«, sage ich, und der Comandante lächelt.

Wir haben uns für einen dunkelbraunen Bob mit Pony entschieden. Das sieht zwar nach Perücke aus, ist es ja aber auch. Der Comandante meint, ich sähe aus wie Uma Thurman in *Pulp Fiction*. Wir sitzen draußen im Schatten einer Pappel auf einer Bank unten am See, ich mit neuen Haaren, und suchen etwas Schickes zum Anziehen für mein Date mit Tom am Samstag. Wir schauen beide in unsere Telefone und klicken uns durch Kleider und Schuhe. Cesar schlägt mir aus Spaß eine Art pinkfarbene Leberwurst vor.
»That'll do.« Wir kichern.
Endlich habe ich ein Sommerkleid gefunden, das mir gefällt und das weit genug ist, um den Beutel zu vertuschen und trotzdem nicht wie ein Sack aussieht.
»Yeah, Baby.«
Ich klicke auf *In den Einkaufswagen legen*. Jetzt brauche ich noch Schuhe. Ich wähle einfarbige Ballerinas, zack, ab in den Einkaufswagen. Noch was?
»Some Make-up, maybe?«
»Bingo, sweetheart.«
Ich klicke auf einen Eyeliner, Wimperntusche, klicke die wieder weg, Wimpen, haha, erklicke mir Lidschatten und einen knallroten Lippenstift. Jetzt bezahlen. Ich wähle *Overnight Express*, gebe als Lieferadresse das Krankenhaus mit Station und Zimmernummer an. Fertig. Wir strahlen.
»I love the Internet«, sagt Cesar und holt einen Joint aus seinem Hipbag. »Do you smoke?«

Der Himmel ist blau. Das Gras ist grün. Die Sonne scheint. Ich nicke und mache ein Foto von uns.

FREITAG

Meine Lieblingsschwester bringt das Frühstück und die Medikamente.
»Wow. Steht dir!«
»Danke«, ich schüttele meinen Uma-Thurman-Kopf.
»Die OP für den Port ist Montagmorgen um acht Uhr.«
»Okay.«
»Herr Doktor Kehlmann kommt gleich zur Visite und wird das auch noch mal mitteilen. Was haben wir denn hier, Brei, Tee und einen Apfel. Wenn ich zum Abräumen wiederkomme, ist das Tablett leer, haben wir uns verstanden?«
»Jep.«
»Da hat jemand ja zur Abwechselung mal gute Laune, Halleluja! Das muss an deinem neuen Freund liegen«, sagt sie und bringt meiner Zimmernachbarin ihr Frühstück, das ebenfalls aus Brei und Tee besteht. Magenkrebs.
»Neuer Freund?«, frage ich.
»Erzählt man sich so«, sagt sie und zwinkert ihr Zwinkern.

Nachdem ich das Frühstück verputzt habe, kommt Kehlmann. Er bestaunt meine Perücke, begutachtet den Heilungsprozess der Narbe und bespricht mit mir die anstehende OP. Er sagt, so gefalle ich ihm besser, so ein Kampfgeist sei wichtig bei einer Krankheit wie Krebs. Dann ist meine Nachbarin dran. Ich mache mir Ohrenstöpsel rein, lasse die Musik in meinen Kopf und meinen Blick aus dem Fenster.

Eine Playlist später wische ich übers Telefon, gebe den Code ein, klicke Nachrichten, klicke auf Cesar und tippe *Hola Comandante, would you like to go to church with me?*
Es dauert ein paar Minuten, dann macht es *Dingding.*
Church?
Pick u up in 10 minutes.
Okay, sweetheart.

Ich ziehe den Vorhang um mich herum und wasche mich notdürftig am Waschbecken, leere den Beutel aus, spüle das Becken sauber, putze meine Zähne, rolle mir Deo unter die Arme und werfe mir meine Krankenhaustracht wieder über: T-Shirt und Sweatshirt von Tom, Leggings von mir. Frisur hält. Los geht's.
Der Comandante sitzt mit dem Rücken zur Tür und schaut aus dem Fenster, als ich das Zimmer betrete. Irgendwas ist anders, aber ich weiß nicht, was. Kapitänsmütze sitzt. Neonsocken leuchten. Goldreifen klimpern an seinen Armen.
»Are you okay?«, frage ich.
»Yes, very much okay. Muy bien. Alles gut.«, sagt er und dreht sich um.
»Let's go then.«
»Nice haircut.«
Ich schnappe mir den Rollstuhl, und er fragt, wohin wir gehen. »In die Kirche, hab ich doch gesagt.« Er lacht. Dass sich im Untergeschoss des Krankenhauses nicht nur das Bettenlager, sondern auch eine kleine Kirche befinden soll, hält er für ausgemachten Unsinn. Kellerkirche. Er denkt, ich verarsche ihn und lacht sich schlapp. Als wir dann aber vor dem Eingang stehen, ist er still. Und als ich ihn in die Mitte des Raumes geschoben habe, füllen sich seine Augen mit Tränen.
»Beautiful. Very beautiful. Thank you.«

Dann erkläre ich ihm das mit den Steinen und den Zetteln und er will auch unbedingt beides. Er sitzt da, hochkonzentriert, presst mit seinen Händen den von ihm ausgesuchten Stein. Dann schreibt er mit wackeliger Hand *Muchas Gracias* auf einen Zettel und ich lege beides für ihn in die Schale auf dem Altar, da kommt er ja nicht hin mit dem Rollstuhl. In der Schale liegen bisher einzig mein Zettel und mein Stein.

Am Ausgang schreiben wir einen Dankesgruß ins Gästebuch und blättern uns durch die Seiten. Ich übersetze ihm die Einträge. Viele bitten um Heilung. Manche haben jemanden verloren. Uns berührt die Nachricht eines Paares, deren Baby kurz nach der Geburt starb. Zum Glück hat Cesar wieder Taschentücher mit.
»Do you have children?«, frage ich ihn.
»No«, antwortet er traurig.
Der Kundenstopper verrät uns, dass heute schon wieder der Schnitzelteller im Angebot ist. Unser Tisch ist frei, wir beginnen mit der Belagerung, kennen die Karte auswendig und bestellen für mich Salat und für Cesar Fischfilet mit Pommes. Zum Nachtisch ein *Banana Split* und einen Espresso. Danach ab auf meine Station, wir wollen wissen, ob das Päckchen angekommen ist. Ich soll am Abend noch mal fragen. Wir beschließen einen Verdauungsschlaf und einen Spaziergang zum See am Nachmittag.

SAMSTAG, DER 2. JUNI

Bin früh aufgewacht. Habe mich gewaschen und das neue Kleid angezogen, noch bevor die Frühstückstabletts kamen. Habe die Perücke gekämmt, mir die Lippen rot angemalt und trage die Ballerinas an den Füßen. Das muss ich unbedingt dem Comandante zeigen. Ich ziehe an der Strippe, gehe zum Fahrstuhl, zwei Pfleger, die mich kennen, kommen mir entgegen und sagen WOW, ich lächle und fahre runter zur Station 12.

Ich öffne die Tür zu seinem Zimmer und setze ein strahlendes Lächeln auf, das sofort zusammenfällt, als ich sehe, dass da kein Bett mehr steht. Hab mich wohl in der Tür, nein hab ich nicht. Wo ist denn der Comandante hin? Telefon entriegeln. Code eingeben. Telefon. Kontakte. C wie Cesar. Anrufen. Geht nicht ran.

Ins Schwesternzimmer. Hallo, ich suche den Patienten von Zimmer 5. Komplikationen. Verlegt? Wohin? Intensivstation. Intensivstation, ja, 15 A. Strippe ziehen. Türenschwenken. Fahrstuhl, verdammt, warum kommt denn ausgerechnet jetzt keiner, Entschuldigung, können Sie mir bitte sagen, was mit Cesar ist, dem alten Mann mit den Neonsocken? Ob ich eine Verwandte sei, ja, nein, dann nicht. Aber er hat doch sonst niemanden, brülle ich. Das Herz hat nicht mehr mitgemacht. Was? Nein. Das kann nicht sein. Der kann doch nicht. Nein. Nein. Nein. Nein. Nein. Gestern haben wir doch noch am See gesessen und Buena Vista Social Club aus seinem Telefon gehört. Tot, der Comandante? Nein. Niemals. Man bittet mich zu gehen. Blätter rauschen in meinem Kopf, ein ganzer Wald rauscht und Schlangen winden sich in meinem Hals.

Klackklack. Strippe. Tür. Fahrstuhl. *Dingding*. Nachricht von Tom: *Wo bist du?*

Tom und ich biegen um die Kurve. Er hält meine Hand. Keiner da. Das ist gut. Ich ziehe mir die Perücke vom Kopf, nehme gleich alle Steine aus der Schale, und befülle die Perücke damit, steige auf die runde Holzbühne, hocke mich vor den Altar und lege den Perückensteinbeutel vor mich hin. Nicht nur ein *Stein*, sondern ein ganzes *Nest der Schwere*. Hole mein Telefon raus und fotografiere das Nest mit einer Polaroid-App. Ich klicke: Nachrichten. Klicke: Cesar. Klicke auf das kleine Fotosymbol. Lade das Bild und schreibe: *I even did my hair for you. I hope they serve Banana Split in heaven*. Klicke: Senden. Mache dann Musik an. Interpret: Buena Vista Social Club. Volle Lautstärke *Hasta Siempre Comandante*. Für immer. Augen zu.

COWBOY UND INDIANER

Vor mir steht ein Indianer. Ich bin nicht in der Einkaufsstraße einer mittelgroßen deutschen Stadt. Ich höre auch keine Panflöten, kein *El Condor Pasa*. Ich bin im Death Valley und sitze auf einem Stein neben einer Tankstelle, der einzigen an diesem Highwayabschnitt, und vor mir steht ein Indianer. Er trägt eine Federhaube, ein Gewand mit einem Brustschmuck aus Knochenstäbchen, die ein Muster ergeben, er trägt perlenbestickte Mokassins und eine Pilotensonnenbrille, in der ich mich spiegeln kann. Ich denke, dass ich spinne, ich denke, dass der Indianer nur in meinem Kopf ist. Ich schließe meine vom Wüstenstaub wunden Augen.
Verschwinde, Indianer, sage ich, *du bist nur in meinem Kopf.*
Aber der Indianer verschwindet nicht, der Indianer spricht. Er sagt, dass mein Kopf krank von der Sonne ist, und dass ich trinken soll. Ich öffne die Augen und der Indianer hebt seine Hand, ich erwarte ein *Howgh*, aber er reicht mir nur eine kleine, halbvolle Wasserflasche.

Trink es langsam, sagt der Indianer.
Okay, sage ich.
Wo willst du hin?, fragt der Indianer.
Nach Hause, sage ich.
Wo ist das?, fragt der Indianer.
Das wüsste ich auch gerne, sage ich.
Bist du allein hier?, fragt der Indianer.
Ja, sage ich.

Dann schweigen wir. Ich im Sitzen, langsam trinkend, der Indianer im Stehen, schauend. Heißer Wind weht. Ein Dornengestrüpp wird über die Ebene gerollt. Kakteen stehen in der Landschaft. Irgendwo schreit ein Raubvogel. Der Highway kommt zu uns ins Tal gekrochen wie eine flimmernde Schlange. Ich habe mit ihr gerungen und bin ihrem Würgegriff entkommen.

Als die Flasche leer ist, möchte der Indianer, dass ich meine linke Hand öffne. Ich gehorche, und er legt etwas hinein, schließt meine Finger darüber und sagt: *Das ist eine Träne von Mutter Erde.*
Eine Träne. Von Mutter Erde. – Es gibt diesen Indianer nicht. Und nicht die Mutterträne in meiner Faust. Ich will, dass ich jetzt aufwache und in meinem Bett liege, ich will, dass Winter ist, ich will, dass der Indianer und diese Scheißwüste nur ein Traum sind. Ich öffne die Hand, aber da liegt tatsächlich dieser Stein, diese Mutterträne. Es ist ein dunkler Quarz, so groß wie eine Kaffeebohne.
Okay, sage ich, *warum weint Mutter Erde schwarze Steine?* Aber der Indianer ist weg, und mein Kopf, dieser pumpende, pulsierende, schmerzende Klumpen, ist krank von der Sonne.

Als Kind war ich immer auf der Seite der Indianer. Auch, als alle Nachbarjungs Cowboys waren und mit ihren Colts nach mir ballerten: *Peng! Peng! Peng! Du bist tot!* Auch noch, als ich die einzige mit Pfeil und Bogen war, und mein großer Bruder meinte, ich solle jetzt doch endlich Cowboy werden, letzte Chance, außer mir gäbe es keine Rothäute mehr in der Nachbarschaft, auch da blieb ich Indianer und schnitzte weiter Pfeile mit Papas Taschenmesser, die nicht so weit flogen, wie ich wollte, schlich geräuschlos durch Hecken und las

Spuren im Sand. Die roten Patronenhülsenringe der Cowboys sammelte ich an einem dicken Wollfaden und trug sie als Schmuck um den Hals. Für jedes gefallene Bleichgesicht einen Ring. Ich schnitzte Muster in meine Pfeile, bemalte mein selbstgebautes Tomahawk, sogar mit meinem Blut, Papas Messer war sehr scharf, und hatte Feuersteine, die in einem Lederbeutel an meinem Gürtel baumelten. Meine geflochtenen Zöpfe waren mit Taubenfedern geschmückt und Mamas Lippenstift, der gute, der sehr rote, der mit der goldenen Hülle, leuchtete auf meinen Wangen. Die Bleichgesichter lachten über meine Kriegsbemalung, bis ich sie mit Pfeilen und Geheul vertrieb. Ich entfachte kleine Feuer, kokelte mit trockenen Blättern und schrieb mit Rauch in den Himmel. Nur für den Fall, dass da draußen noch ein Indianer war, der Verstärkung brauchte. Und als sie mich fingen und mich erst bis auf die Unterhose auszogen und dann durch die Brennnesseln stießen, und als sie mich nackt an den Marterpfahl fesselten, der in Wirklichkeit eine Wäschespinne war, und als sie ihrer Gefangenen Backpfeifen gaben und sie anpinkelten, auch da war ich immer noch Indianerherz und kannte keinen Schmerz. Und als meine Mutter mich am Abend fand, gefesselt und geknebelt, und mich losband und wissen wollte, wer das war, habe ich die Cowboys nicht verraten, Indianerehrensache, und bekam dafür noch mal eine Strafe.

Ich weiß, dass man nicht *Indianer* und *Eskimo* sagen soll. Ich weiß, dass das hier eine Scheißwüste ist, in der ich gestrandet bin, und ich weiß, dass da eben jemand war, mit Federhaube, der mir zu trinken gab und eine Träne von Mutter Erde. Weil ich aber nicht weiß, wie dieser Traum weitergeht, stecke ich das Steinchen in meine Hosentasche und warte.

Du musst in den Schatten.
Der Indianer ist zurück, nur hat er seine Federn abgelegt. In der Hand hat er eine riesige Flasche Gatorade. In der anderen eine billige, knallgrüne Sonnenbrille und ein Baseballcap, auf dem der Name der Tankstellenkette steht. *Jet*. Der Indianer sieht mich an, jedenfalls gucken die Sonnenbrillengläser in meine Richtung. Vielleicht bin ich für ihn auch nur eine Fata Morgana.

Mir ist kalt, sage ich.
Ich weiß, sagt der Indianer, *dein Körper spielt dir einen Streich. Setz die hier auf.*

Ich verkleide mich als Provinz-Amerikanerin, setze die Plastiksonnenbrille und das Baseballcap auf, dann hilft er mir hoch, schiebt mich unter das Tankstellendach und reicht mir die große Gatorade-Flasche.

Bevor du nicht die halbe Flasche ausgetrunken hast, passiert gar nichts, haben wir uns verstanden?

Mit einem Knacken öffne ich den Verschluss, da ist eine Gallone drin, eine Gallone sind fast vier Liter, wie soll ich davon die Hälfte schaffen, ich habe gar keinen Durst.
Ich hab gar keinen Durst, sage ich.
Trink, sagt der Indianer.
Ich lasse die eiskalte Flüssigkeit meine Kehle runterlaufen. Hastig nehme ich immer größere Schlucke, überhole mich selbst, bis ich mich in einem Schwall erbrechen muss, und zwischen meinen und den Indianerfüßen ein rosaroter, isotonischer See schimmert.

Ich hab dir gesagt, du sollst langsam trinken, sagt der Indianer.
Tested in the Lab. Proven on the field, lese ich von der Plastikflasche ab. Der Indianer lacht.
Ich heiße Bill, sagt er.
Katharina, sage ich und finde, dass Bill kein guter Indianername ist.
Kat, sagt der Indianer, wohl, weil er findet, dass Katharina kein guter Name für mich ist.
Okay, sage ich. *Kat. Mir egal.*
Trink jetzt.

Schluck für Schluck würge ich mir das Gatorade rein. Mir ist übel. Ich will liegen. Aber der Indianer lässt mich nicht aus den Augen. Es dauert sehr lange, und nach der halben Flasche fängt mein Körper tatsächlich an, wieder normal zu funktionieren, mir wird langsam warm und ich beginne zu schwitzen.

Wie kommt es, dass du hier allein durch die Wüste spazierst?, fragt der Indianer.
Bin gestrandet, sage ich.
Wo sind deine Sachen?
Es ist alles weg, sage ich, *geklaut.*
Und jetzt?, fragt er.
Weiß ich nicht, sage ich.
Der Indianer dreht sich um und sieht in die Ferne.
Hier kannst du nicht bleiben, sagt er und geht in Richtung seines alten Pickup-Trucks, der neben der Tankstelle geparkt ist. Etwas an seinem Gang ist komisch. Es sieht aus, als würde seinem Gang das Gewicht von schweren Schuhen fehlen.
Der Indianer öffnet die Beifahrertür.
Na, komm. Ich nehme dich mit bis Vegas.

Alles im Auto ist heiß. Die Luft, die Sitzbank. Der Anschnallgurt. Der Indianer steigt sehr amerikanisch ein. Ich denke: *Ich sitze neben einem echten Indianer in einem klapprigen Pickup-Truck.*
Keine Klimaanlage, sagt der Indianer, *dafür Fahrtwind*, dreht den Zündschlüssel, Motor und Radio springen an.
Im Handschuhfach ist Vaseline. Schmier dir das auf die Lippen, sagt er, steckt sich eine Marlboro in den Mund und drückt den Zigarettenanzünder rein.
Stört es dich?, fragt er.
Das sind Cowboyzigaretten, sage ich.
Ich weiß. Auch eine?
Ja.
Erst Vaseline.
Er wendet den Wagen. Ich öffne die sonnenheiße Klappe des Handschuhfachs und schmiere meine von der Wüstenhitze aufgeplatzten Lippen mit Fett ein.

Das Fenster hat tatsächlich noch eine Kurbel, wie geil, ein Hoch auf die Mechanik. Ich drehe, mein Fenster ist auf. Wir rollen vom Parkplatz und biegen auf den Highway, außer uns kein anderes Auto. Beschleunigung, Fahrtwind: Klimaanlage ist an. Gelbe Streifen jagen uns entgegen. *Klack* macht der Stöpsel neben dem Aschenbecher.
Der Indianer gibt mir eine angezündete Marlboro, ich nehme den ersten Zug, meine Haare wehen in die Glut, ich stopfe sie unter das Tankstellen-Baseballcap, in meinem Schoß schaukelt der Gatoraderest, im Rückspiegel sinkt die Sonne, der olle Bulle, du hast deinen Zenit überschritten, ich hab dein Kackrodeo überstanden, hab dich besiegt, du gelbe Sau, langsam zur Bergkette hin. Ich bin erschöpft, ich bin ein Boxer, ich bin das Million-Dollar-Baby, mein Trainer sieht

zufrieden aus. Wir rauchen und schweigen. Wir fahren. Wir fahren weg von der Sonne, wir fahren mit Wind in den Fenstern. Wir fahren mit lauter Musik. Wir fahren, und mein Trainer weiß den Weg, mir ist alles egal.

Danke, sage ich.
Hm?, sagt der Indianer. Er sucht einen neuen Radiosender. Es rauscht.
Danke für alles. Rauschen.
Du hättest tot sein können. Verdurstet. Klassik.
Ich weiß. Rauschen.
Schon gut. Knistern.
Hast du ein Telefon? Kann ich mal telefonieren? Wieder Klassik.
Nein. Immer noch Klassik.
Nein? Rauschen.
Nein. Sport.
Nein, ich kann nicht telefonieren, oder nein du hast kein Telefon? Rauschen.
Nein, ich hab kein Telefon.

This is KFMA ninty two new rock. Aus den Boxen kommen die ersten Takte von *Enter Sandman,* der Indianer dreht die Lautstärke auf. Sein Kopf wippt zur Musik auf und ab. Der Indianer sagt: *Ich liebe diesen Song.* Ich nicke. Er singt mit. Gelbe, schattenlose Landschaft streckt sich aus. Wir nähern uns dem Refrain.
Sleep with one eye open
Grippin your pillow tight
Ich habe keinen Pass mehr. Kein Telefon. Kein Geld. Keine Kreditkarte. Mein ganzer Scheißrucksack ist weg.
Bei *Exit light* falle ich mit ein.
Wir grölen.

Enter night
Take my hand
We're off to never-never land.
Meine Lippen springen wieder auf. Er macht mit seiner Hand zwei Hörner im Fahrtwind. Meine Hand ist ein Delphin im Wasser. Ich bin ohne alles. Ich bin frei. Ich habe nur noch mich, ein Cap und eine Plastiksonnenbrille. Von mir fällt etwas ab.
It's just the beast under your bed,
In your closet, in your head ...

An meinem BMX-Fahrradlenker hatte ich bunte Bänder befestigt, die Taubenfedern und meine Zöpfe längst abgelegt, mein Tomahawk unter einem Baum am See begraben, und in meinem Lederbeutel waren nun Tabak und Blättchen statt der Feuersteine. Die Sommerferien gingen in die vierte Woche, meine Fingernägel waren in unterschiedlichen Farben lackiert, ich fuhr freihändig, hatte einen Braunen Bären im Mund und war unterwegs zum Stausee. Meine dunklen Haare wehten und meine Haut war gebräunt vom Sommer, ich fühlte mich leicht und frei. Dann hörte ich sie näher kommen. Die Cowboys, mittlerweile ohne Colt und Hüte, überholten mich und johlten. Ich fasste den Lenker mit der einen, den Eisstiel mit der anderen Hand. *Katharina, die Kleine hat Spaghettibeine.* Und *Bügelbrett.* Und *Wo es bellt, ist vorne.* Und *Die brauchste nicht mehr flach legen, die ist schon flach.* Und *Na, Rothaut, wo bleibt denn das Kriegsgeheul?* Und *Die heult doch eher mit den Augen.* Meine Wangen glühten. Ich war froh, als sie an der nächsten Kreuzung rechts abbogen.
Erst später, als ich vom Schwimmen erschöpft neben meinem Fahrrad im Gras lag, über mir endloses Blau und dahinter das Universum, sah ich sie wieder. Sie kamen lärmend, hatten

Bier dabei und einen Ghettoblaster, ließen sich an der Feuerstelle nieder und hörten harte Musik. Irgendwas wurde in meine Richtung gegrölt und dann lachten sie ihr Cowboylachen. Ich drehte mir eine krüppelige Zigarette, machte Rauchzeichen: Fahrt zur Hölle, Bleichgesichter. Als mir übel und mein Bikini trocken war, zog ich mich an und ritt davon.

Die nächste Ortschaft heißt Pahrump, ein Kaff, das hauptsächlich aus einem Highway besteht, an dessen Seiten sich Fastfood-Restaurants und Motels befinden. Der Indianer fragt, ob ich hungrig bin.
Geht so, sage ich, *eigentlich nicht.*
Da vorne ist ein Drive-through. Doppel-Whopper? Na? Was meinste?
Ich bin Vegetarier.
Heilige Scheiße. Vegetarier?
Ja.
Vielleicht haben die auch was Grünes.
Hab keinen Hunger.
Du musst was essen, sagt der Indianer und fährt in die Auffahrt eines Burger Kings.
Ich habe kein Geld, sage ich.
Ich weiß, sagt er.
Hallo, willkommen bei Burger King, wie geht es Ihnen heute?, fragt die Sprechanlage.
Mir geht es tipptopp und selber, fragt der Indianer.
Was haben Sie gewählt?, fragt die Frau aus der Gegensprechanlage.
Einen Doppel-Whopper mit Fritten, sagt er und zu mir: *Was willst du?*
Als Menü mit Getränk oder einzeln, Sir?, fragt die Gegensprechfrau.

Als Menü. Und du?
Ich möchte nichts.
Wie bitte?, fragt die Gegensprechfrau.
Da kommt noch was dazu, sagt der Indianer.
Ketchup oder Mayo?
Beides.
Cola, Fanta, Sprite?
Cola.
War das alles, Sir?
Nein, es kommt noch etwas dazu.
Ja?
Was willst du?
Nichts, sage ich.
Haben Sie etwas Vegetarisches?, fragt der Indianer.
Vegetarisch? Es knistert.
Ja. Ve-ge-ta-risch.
Ich nehme eine Pommes, sage ich.
Und eine große Pommes mit Ketchup und Mayo, das wars dann, danke, sagt der Indianer.
Das macht dann 8 Dollar 78, Sir, vielen Dank, dass Sie Burger King gewählt haben.

Ein paar Meilen später hat der Indianer sein Doppel-Whopper-Menü aufgegessen, liegen vor uns wieder Berge, haben wir den Radiosender gewechselt.
Willst du die wirklich nicht?, er zeigt auf meine kalten Pommes.
Nee, hab ich doch gesagt. Keinen Hunger.
Wenn du willst, lasse ich dich in Vegas gleich bei der Polizei raus, sagt der Indianer. Ich drücke ihm die Pommes in die Hand und sehe aus dem Fenster.

Der Indianer reißt mit den Zähnen ein Ketchuppäckchen auf und presst den Inhalt einhändig in die Pommes-Verpackung auf seinem Schoß, er kleckert, flucht, bremst hart und hält auf dem Seitenstreifen. Mit einer Serviette wischt er sich Ketchup von den Knochenstäbchen seines Gewandes, aber anstatt die Flecken zu entfernen, schmiert er sie immer tiefer in die Rillen. *Fuck, sagt er, ich bin so ein Idiot. Halt mal.* Er drückt mir die Pommes in die Hand, nestelt an einer Sporttasche hinter meinem Sitz, steigt damit aus und verschwindet hinterm Wagen. Ich kann im Rückspiegel sehen, wie er sich den Indianer aus- und den Bill anzieht, um den Pickup herumgeht und in Jeans, T-Shirt und Stiefeln wieder einsteigt.

Wir fahren weiter, Mokkasins, Gewand und Federhaube zwischen uns, und nachdem er meine Pommes verdrückt hat, erzählt Bill, dass Pahrump eine Siedlung seiner Vorfahren war, die in seiner Sprache *Pah-Rimpi* hieß, was *Water-Rock* bedeutet. Bill erzählt, dass der *Weiße Mann* große Ranches gebaut habe und der Boden davon irgendwann ausgelaugt war und schließlich die meisten Quellen versiegt seien. Überhaupt sei der *Weiße Mann* ein Arschloch und an allem schuld.
Ich bin auch ein Weißer Mann, sage ich.
Nein, du bist eine Tsakakawia, eine Vogelfrau.

Bill ist halb Shoshone und halb Paiute. Er ist unterwegs zu einem Powwow im Duck-Valley-Reservat im Norden Nevadas. Er wohnt in L.A. und hat sich auf dem Weg zum Powwow in einer kleinen Shoshone-Siedlung sein neues Gewand abgeholt. Sein altes passt ihm nicht mehr, er hat eine kleine Wampe bekommen. Die Doppel-Whopper sind daran schuld. Bills Indianername bedeutet *Schnee im Herbst*. Und *Schnee im Herbst* hat sich heute morgen so gefreut über sein neues Gewand, dass er es gleich anbehalten hat. Im echten Leben ist Bill Elektriker und schreibt Gedichte. Ein Gedicht hat er sich heute ausgedacht, kurz bevor er mich an der Tankstelle gefunden hat. Das Gedicht hat er mir nicht verraten. Er ist jetzt spät dran und hat meinetwegen Zeit verloren. Er sagt, er muss jetzt durchfahren, damit er morgen früh nicht die große Eröffnungszeremonie verpasst. Dafür hat er sich schließlich die Knochenstäbchentracht besorgt.

Als wir die Berge durchqueren, haben wir unsere Sonnenbrillen abgelegt, ist der Bulle hinter uns untergegangen, zeigt der Abendhimmel, was er kann, ist die Gatoradeflasche leer. Und als wir den Mount Potosi überwinden, liegt vor uns im Tal die Königin der Nacht. Glitzernd, blinkend, verführerisch lockend trägt sie gerade ihre Lichterschminke auf. Bietet sich an, wie eine, die man nur im Rausch ertragen kann.

Bill hält an einem Aussichtspunkt, stellt den Motor ab, greift hinter seinen Sitz in eine Kühltruhe und zerrt eine warme Dose Bud Light hervor.
Das letzte, sagt er, *ist warm, Überbleibsel vom Wochenende.*
Er knackt die Dose, reicht sie mir und zündet uns zwei Zigaretten an. Wir rauchen schweigend, teilen das Bier, blicken auf Las Vegas, und ich staune einen Kotau.

Weit bin ich nicht gekommen, denn mein Weg führte an ihrer Feuerstelle vorbei. Zwei Cowboys stellten sich in meinen Weg, ich hielt mein BMX-Rad an. *Wen haben wir denn da. Katharina, die kleine Schwester. Komm, Bügelbrett, trink ein Bier mir uns.* Der lauteste Cowboy war Markus, er kam auf mich zu, ein Karlsquell in der einen, einen Joint in der ande-

ren Hand. *Oder bist du noch ein Baby, das kein Bier trinkt?* Die drei hatten mich umstellt. Markus hielt das Bier über meinen Kopf. *Na los, Mund auf!*, und kippte einen Schluck über mir aus. *Soll ja gut fürs Haar sein*, rief ein Cowboy von der Feuerstelle rüber. *Willste einen Zug?* Cowboy-Markus' pickeliges Gesicht kam ganz nah ran. Er blies mir den Rauch seines Joints ins Gesicht. *Buh!* machte er und die anderen Cowboys lachten. Ich ließ mein Rad fallen, holte aus, zielte auf sein Kinn und traf genau. Er taumelte nach hinten. Ich setzte nach, trat und schubste, seine Bierdose fiel runter. Die anderen johlten. Cowboy-Markus ging rückwärts, *spinnst du, Bügelbrett?*
Lass mich in Ruhe, du Penner, schrie ich und wollte ihn weiter schlagen, aber die beiden anderen hielten mich zurück. Schließlich stand mein Bruder von der Feuerstelle auf und sagte, dass es jetzt reicht, und dass sie mich lassen sollen und sie ließen mich und ich schnappte mein Rad und gab ihm die Sporen.

Warst du schon mal in Vegas?, fragt Bill.
Nein, sage ich.
Wo soll ich dich rauslassen? Bei der Polizei?
Nein, beim Bellagio, sage ich.
Okay. Bill startet den Motor.

Wir schlängeln uns die Bergkette runter und durch die Ebene Richtung Königin, hören Radio und rauchen die letzten Zigaretten. Kurz vor der Stadt halten wir an einer Tankstelle an. Die Nadel zeigt schon eine Weile ins Rote. *Geh und wasch dir das Gesicht*, sagt Bill, *da drüben haben sie Toiletten.* Er kramt in seiner Sporttasche, nimmt eins seiner T-Shirts, *vielleicht willst du was Sauberes anziehen*, sagt er, dann steigt er aus

und öffnet den Tankdeckel. Ich gehe rüber zum blinkenden Fastfoodrestaurant. In der Damentoilette wasche ich mir Gesicht, Arme und Beine, trockne mich mit Papiertüchern ab, ziehe mir auf dem Klo Bills T-Shirt an. Ich sehe fertig aus. Meine Nase und meine Beine haben einen heftigen Sonnenbrand. Meine Lippen sind trocken. Ich wasche mein Hemd mit Handseife und wringe es sorgfältig aus.
Draußen wartet Bill auf mich am Wagen, er knotet das nasse Hemd zum Trocknen hinten an die Pickup-Fläche.
Auf geht's, sagt er, *willkommen in Las Vegas*. Mit offenen Fenstern fahren wir den palmenumsäumten South Boulevard entlang, den *Strip*. Unwirklich leuchtet die Welt in Miniatur von beiden Seiten in unser Auto. New York links, Paris rechts. Der ganze Wahnsinn. Ein Neonrausch malt sich gegen meine Zapfen und Stäbchen, prallt an Bills Pilotenbrille ab. Luxusdesigner locken mit ihren Logos auf asymmetrischen Glasbauten. Dazu der Verkehr, die Hupen, Straßenmusik, der Geruch nach Wüste und Fett, nach Reifen und Staub. Die Königin macht Striptease. Es glitzert und blinkt und bäumt sich auf, dann ein See, dahinter Wasserspiele und dahinter das berühmte Bellagio.

Kann da jeder drin spielen?, frage ich.
Ja, sagt Bill.
Muss man schick angezogen sein, oder komm ich da so rein?
Du kommst da so rein.
Kannst du mir zehn Dollar leihen?

Zwanzig Minuten später stehen Bill und ich vor einem Rouletteautomaten. Bill gibt mir zehn 1-Dollar-Noten, ich schiebe eine davon in den Schlitz des Automaten und frage, worauf ich als erstes setzen soll. *Rot*, sagt Bill. Schwarz gewinnt. Ich

füttere den Automaten erneut und setze wieder auf Rot. Und Rot gewinnt. Die ersten Runden spiele ich nur auf Farbe, Manque und Passe. Ich setze immer nur einen Dollar. Bill findet das langweilig, es dauert ihm zu lang, er möchte weiter.
So wird das nichts, sagt er, *du verlierst einen Dollar und gewinnst einen, das ist ein Schritt vor und einer zurück.*
Man muss Geduld haben, sage ich. Ich beobachte den Automaten, die rotierenden Lichtstreifen. Setze weiter, nach einer Viertelstunde habe ich mir einen soliden Gewinn von 57 Dollar erspielt und Bill hat einen Cocktail drin.
Komm, lass uns gehen, sagt er, *ich hab schon wieder Hunger*, und will auf den Knopf drücken, über dem *Auszahlen* steht. Das Licht rotiert, noch ist alles möglich. Und plötzlich weiß ich, dass als nächstes die schwarze Acht kommt.
Alles auf die Acht, sage ich.
Bill schaut mich an.
Alles auf die Acht!
Bill seufzt und setzt mit einem Schulterzucken alles auf die Acht. Rien ne vas plus. Das Licht, das die Kugel ersetzt, rotiert langsamer im Automatenroulettekreis, taumelt von Zahl zu Zahl. Und hält an. Bei 36. Bei 11. Bei 30. Und. Der. Schwarzen. Acht.
Der Automat ringelt und rasselt und bimmelt und blinkt. Das 35fache von 57 erscheint auf der Guthabenseite. 1995 Dollar. Umliegende Spieler machen *Ohh* und *Ahh* und ein Angestellter des Casinos kommt lächelnd in unsere Richtung. Bill steht da mit offenem Mund. Der Automat fordert uns auf, unseren nächsten Einsatz zu machen. Das Spiel geht weiter. Ich drücke auf *Auszahlen*, Bill schreit, *Nein!*, aber ich bin schneller.
Es rasselt und dingelt und bimmelt und blinkt, und mit einem Klimpergeräusch spuckt der Automat einen Coupon

aus, auf dem die Gewinnsumme aufgedruckt ist und den wir beim Cashier einlösen können.

Das ist deine Aufgabe, sage ich und überreiche Bill den Gewinnschein. Der Casinoangestellte gratuliert uns, fragt, ob wir noch ein anderes Spiel versuchen möchten. Wollen wir nicht. Wir wollen das Geld.

Sie war neu auf der Schule, stand in der Raucherecke und morste in die Luft. Ich zählte ihre Ringe und rauchte zurück. Ihr Name war Shila, sie ging in die Klasse über mir und war das Exotischste, was dieser Schulhof je zu Gesicht bekommen hatte. Sie verströmte Intelligenz, hatte schwarzes, raspelkurz geschnittenes Haar und kajalumrandete Mandelaugen, sie trug einen Parka, einen Nasenring und eine Hülle aus Unnahbarkeit. Zwei Indianer hatten sich gefunden und waren sofort ineinander verliebt. Wir gingen skaten und ins Kino, heimlich auf Demos und Konzerte. Wir schwänzten regelmäßig ihre Mathe- und meine Französischstunden. Wir tranken unseren Kaffee ohne Milch, tauschten Musik, drehten uns gegenseitig Zigaretten, lasen uns am See aus Büchern vor: Sie mir persische Gedichte. Ich ihr Kafka. Gemeinsam arbeiteten wir uns durch eine Ausgabe des Kommunistischen Manifests. Wir teilten uns Wundertüten, die nur aus Schokoladeneis bestanden und betranken uns während der Bundesjugendspiele mit Wodka, den wir in eine Wasserflasche abgefüllt hatten. Wir liefen die 100-Meter-Strecke in über 20 Sekunden, lachten im Ziel, bis uns die Tränen kamen und bekamen dafür unter zehn Punkte. Wir küssten uns zum ersten Mal, als wir im Herbst im Wald im Laubbett lagen. Danach sammelte Shila Bucheckern aus meinem Haar. In einer Schultoilette hinterließen wir uns

Nachrichten. Wir nannten unsere Kabine UTOPIA und befestigten außen an der Tür ein Schild *defekt*, das die Putzkräfte für authentisch hielten. Jedenfalls blieb es hängen und UTOPIA verschlossen. Wir klebten innen Bilder unserer Idole an die Kabinenwände und schrieben mit Edding: *UTOPIA, Liebe. Lache. Kämpfe.*, *Stay foxy* und *Schöne Mädchen haben Käsefüße*. Wir verließen UTOPIA immer abgeschlossen und kletterten über die Nachbarkabine raus und rein. Da, wo andere sonst ihre Tampons wechselten, ritzten wir uns die Finger auf zur Blutsschwesternschaft und hatten zum ersten Mal Sex. Ich saß pinkelnd auf unserem Klo und Shila machte das Klopfzeichen. Ich ließ das Schloss schnappen, sie kam rein und als ich aufstand und meine Unterhose hochziehen wollte, sagte Shila *Lass* und kniete sich vor mir hin.

Wir schlendern aus dem Hotel in Richtung Parkgarage über den *Bellagio Drive* und haben gute Laune. Die Wasserspiele am See tanzen zu Shirley Bassey Ballett. Aus den Lautsprecherboxen singt sie *Hey Big Spender* und die Fontänen schießen in die Höhe. Potente Säulen, die in weißes Licht vorstoßen. Wassersäulenbeine, die sich spreizen. Wer denkt sich so was nur aus. Wir machen einmal die Runde, bleiben an der Promenade stehen und sehen dem Steigen und Fallen zu.
Bill gibt mir den Umschlag mit den 1995 Dollar drin und rechnet aus, wie viele Doppel-Whopper man davon kaufen könnte. 571 Stück.
Was wirst du damit machen?, fragt Bill.
Es mit dir teilen. Halbehalbe, sage ich.
Auf keinen Fall, sagt Bill, es ist dein Geld.
Quatsch. Du hast mir Gatorade und Pommes gekauft. Eine Sonnenbrille und dieses Cap, du hast mich mitgenommen und vorm Verdursten gerettet, Bill, verdammt, du kriegst die Hälfte.

Es ist deins, sagt Bill.
Ich schulde dir eh noch was. Für den Einsatz.

Und während wir vorm Wasserballett stehen und den Umschlag zwischen uns hin- und herschieben, kommen zwei betrunkene Collegestudenten auf uns zugewankt, die aussehen, als hätten sie ein Sportstipendium. Irgendwie kommen die nicht an uns vorbei. Die haken sich an uns fest.
Was?, fragt der eine.
Nichts, sagt Bill, *alles klar.*
Nichts. Alles klar, äfft er ihn nach.
Du stehst uns hier im Weg, sagt der andere.
Du dreckiges, kleines Stück roter Scheiße, sagt der Erste und schlägt so unvermittelt zu, dass ich aufschreie. Mit wenigen Fausthieben strecken sie Bill zu Boden, der wehrt sich gar nicht, liegt einfach nur in Embryohaltung da und die Cowboys treten ein paar Mal zu. *Aufhören! Hört auf*, brülle ich, aber die haben mich gar nicht auf dem Schirm. Ich bin ihnen zu zierlich und auf ihrer inneren Landkarte gar nicht eingezeichnet. Passanten bleiben stehen, jemand zückt sein Mobiltelefon und filmt den Übergriff, und genau so schnell, wie es angefangen hat, hört es auch wieder auf. Die Cowboys ziehen weiter.
Verdammte Wichser, brülle ich hinterher. Der Typ mit dem Mobiltelefon kommt näher und fragt, ob wir Hilfe brauchen.
Nein, sagt Bill und rührt sich, er blutet aus Nase und Mund.
Komm, sage ich und helfe ihm hoch.
Ist schon okay.
Du brauchst einen Arzt, sage ich.
Nein, sagt Bill, *geht schon.*
Die Passantentraube löst sich auf, filmt wieder fallendes Wasser in farbigem Licht oder bleibt bei der nächsten At-

traktion kleben. Die beiden betrunkenen Arschlöcher sind schon nicht mehr auszumachen.

Den Umschlag mit dem Geld halte ich noch immer in der Hand. Was uns eben noch glücklich gemacht hat, ist jetzt nichts weiter als bedrucktes Papier. Mir ist auf einmal, als sei dieser Umschlag voller Glasperlen, als sei er der Wiedergutmachungsversuch eines Systems, das Bill *ein rotes Stück Scheiße* nennt. Ich ekle mich davor. Ich will ihn nicht mehr. Mit einer Papierserviette aus seiner Hosentasche wischt Bill sich das Blut von der Lippe und bastelt sich einen Nasentampon.
Look at this. OMG. Um uns herum aufgedrehte Jugend, die vor ihren Telefonen posiert, dabei die Lippen vorschiebt und mit den Zeige- und Mittelfingern ein V bildet. Autos mit dröhnenden Bässen fahren vorbei. Eine sehr lange weiße Stretchlimousine. Unglaublich dicke Leute, die ihre Leiber vorwärts wuchten und Brustbeutel umhaben. Touristen mit Kameras vor den Augen filmen beliebige Blickwinkel und kommentieren, was sie sehen. Aus einem Reisebus, auf dem *DINNER-Shuttle: All you can eat 10.99 Dollar* steht, quillt eine Rentnergruppe.
Komm, lass uns hier abhauen, sagt Bill.
Im Parkhaus angekommen suchen wir nach unserem Wagen. Bill ist still und ich habe ein schlechtes Gewissen, weil ich ihn aufhalte bei seiner Powwow-Reise, und weil ich es schließlich war, die ins Bellagio wollte und er jetzt meinetwegen auch noch verprügelt wurde. Ich erkenne den ollen Pickup, Bill schließt auf, wir sinken in die Sitzbank. Ich lege den Geldumschlag ins Handschuhfach.
Es tut mir leid, Bill.
Du kannst nichts dafür.

Doch. Es ist meine Schuld.
Kat, hör auf.

Bill startet den Motor. *Ich brauche Eis,* sagt er und fährt los. Als wir wieder draußen auf dem Strip sind, lassen wir die Fenster hochgekurbelt, wir haben beide genug vom Spaß gehabt, vom Blingbling. Das Wasser tanzt weiter, es wird nicht müde. Bedrohlich ragt das Caesars Palace auf. Ein Golfplatzhotel verspricht *all you need*, und wir wollen nichts mehr.
An einer Ampel kommen wir neben einer Kapelle zum Stehen, in der man beim Durchfahren heiraten kann. Eine Strechlimousine hat sich in der Auffahrt verkeilt. Auf einmal bin ich sehr müde.
Wir biegen ab, weg vom Strip, hin zum Freeway, Bill fährt in einen Drive-In, bestellt eine große Cola mit Eis und dann fädeln wir uns ein auf der Ader, die uns aus der Stadt spült. Wir nehmen die 93, den Great Basin Highway.
Bill schaltet das Radio an, es läuft irgendwas, wir kurbeln die Fenster runter und als im Becher keine Cola mehr ist, deutet Bill auf seine Tasche und bittet mich, das Eis in eine Socke umzufüllen. Ich reiche Bill den kühlenden Wulst, sein rechtes Auge beginnt bereits zuzuschwellen. Er presst sich stöhnend die Socke dagegen.

Woher wusstest du, dass die schwarze Acht kommt?
Keine Ahnung. Ich wusste es plötzlich.
Hast du so was öfter? Dass du weißt, was gleich passiert?
Nee, sage ich, *sonst wär mein Rucksack noch da, wir hätten uns nicht kennengelernt und du hättest nicht auf die Fresse bekommen.*

An einem Montag fing Shila mich nach dem Unterricht ab. Sie sah verheult aus und zerrte mich nach UTOPIA. Als ich sah, dass die Tür offen war, wusste ich, dass etwas zu Ende war. Es roch nach Stinkbombe. UTOPIA war aufgebrochen und voll mit Pimmel-Schmierereien. *Fotzen* stand da. Und: *Scheißlesben.* Unsere Bilder waren runtergerissen. Irgendwas Klebriges war an den Wänden.
Was für Arschlöcher, sagte ich, *Shila, komm, nicht weinen. Wir bauen uns ein neues Nest.*
Aber da fing sie erst richtig an.
In drei Monaten ziehen wir weg. Nach Kamerun. Sie haben's mir gestern gesagt.
Was?
Ja, Papa wurde versetzt.
Nach Kamerun?
Ja.
Scheiße.
Shilas Vater war Diplomat und in eine Botschaft nach Kamerun versetzt worden. Das ganze letzte Jahr hier war nur ein Zwischenstopp gewesen. Kamerun. Wir wussten beide, wie weit weg das war. Da besuchte man sich nicht mal eben in den Ferien. Wir saßen vor unserem kaputten UTOPIA, heulten und versprachen uns, was tief und möglich war.

Kat. Wach auf. Kat. Tsakakawia. Aufwachen. Das erste, was ich sehe, als Bill mich weckt, sind die vielen Sterne. Wir stehen. Der Motor ist aus. Im Innenraum brennt kein Licht. Ich kann Bill kaum erkennen. Dafür aber einen spektakulären Nachthimmel. Noch nie habe ich so viele Sterne gesehen. Wow.
Mein Mund ist trocken und klebt von innen.
Ich weiß nicht, ob ich lange geschlafen habe oder ob ich nur

kurz weggenickt bin. Ich weiß nicht, wo wir sind. Weiß nur, dass wir die Königin hinter uns gelassen haben.
Hej, sage ich, *wie geht's dir?*
Nicht gut, sagt Bill, *deswegen habe ich dich geweckt. Meine Augen sind zugeschwollen. Ich kann kaum noch was sehen. Kannst du fahren?*
Oh nein. Klar. Klar, kann ich fahren.
Danke. Bill wirkt schwach und müde.

Wir verstauen Bills Gewand und die Federhaube hinter der Beifahrerbank, damit er richtig Platz hat, ich steige aus, und Bill rutscht rüber. Die Luft ist abgekühlt, ich laufe um den Pickup herum und lege den Kopf in den Nacken, bleibe kurz stehen, versuche, ein Sternbild zu erkennen, das mir vertraut ist, den Großen Wagen oder Orion, aber vergeblich, es sind viel zu viele Sterne da oben, so dass ich ganz und gar verloren bin. Wäre ich Seefahrer, ich käme nie in Indien an und niemals wieder heim. Zum Glück gibt es die Straßenschlange, die mir den Weg weist. Erst als ich hinterm Steuer sitze, sehe ich, dass Bills Augen beide komplett zugeschwollen sind, dicke Beulen, die sich nach außen wölben.
Scheiße, Bill, deine Augen.
Ja. Scheiße. Du fährst immer geradeaus. Immer auf dem Highway 93 weiter. Wenns hell wird, weckst du mich. Ich glaub, es kommt erstmal nichts mehr, aber ich brauche Eis. Wenn du was siehst, eine Tankstelle, Restaurant, McDonalds, irgendwas ...
Dann hol ich dir welches.
Danke, Kat.
Ich schließe die Tür, drehe den Zündschlüssel, Scheinwerfer und Radio gehen an, es ist zwanzig vor zwölf auf der Uhr im Armaturenbrett, wer weiß, ob das stimmt. Ich setze den Blin-

ker, um der Welt anzuzeigen, dass ich gleich losfahre, ich gebe Gas. Ich denke: *Ich sitze neben einem Indianer in einem Pickup-Truck in Amerika. Ich sitze am Steuer neben einem Indianer in einem Pickup-Truck in Amerika. Ich sitze am Steuer eines Pickup-Trucks, neben mir sitzt ein Indianer, der Schnee im Herbst heißt und der meinetwegen kaputte Augen hat.*
Gelbe Streifen springen uns aus der Dunkelheit an. Sie machen Meditation. Ich nicht, ich kurble das Fenster hoch.

Shila hatte alle Farben mit nach Kamerun genommen. Die Sonne schien grau. Das Gras wuchs grau. Die Bäume bekamen graue Blätter und schlugen grau aus. Graue Frischverliebte knutschten in den Ecken des grauen Schulhofes, wo graue Lehrer müde ihren Pausendienst absolvierten und hofften, dass es keine Schlägerei geben würde, nicht in dieser Pause, nicht während ihrer grauen Aufsicht. Im grauen ExUTOPIA öffnete ich einen Brief von ihr, der mit der Luftpost kam. (Blau.) Und las mich durch einen Farbenrausch. Roch an den Palmensamen, die Shila mit in den Brief gelegt hatte und die ich am See pflanzen sollte. Ich ging zum Eiswagen, der war mal rot, jetzt grau. Ich bestellte lustlos graues Schokoladeneis und ritt während meines Französischunterrichts auf meinem grauen Fahrrad zum See. Auf der grauen Seeoberfläche schwammen graue Enten mit ihren grauen Scheißküken. Ich buddelte kleine Löcher in die graue Erde und legte die Samen hinein. Mit dunkler Musik im Ohr lag ich danach am grauen Ufer und bekam graue Sommersprossen, bis ein Schatten sich vor mich schob.
Es war Cowboy-Markus. Sein Mund ging auf und zu, ich machte die Musik aus. Er hatte eine Flasche Bier in der Hand, in seinem Rucksack klimperten weitere.
Na, Muschilecker, sagte er.

Selber, sagte ich. Er lachte.
Verpiss dich.
Hab meine Lehrstelle verloren, sagte er.
Und wo ist der Bus?
Welcher Bus?
Mit den Leuten, die das interessiert?
Er setzte sich neben mich ans Ufer und zeigte auf die Bierflasche.
Auch eins?
Nee.
Du bist die erste, die es weiß, sagte er. *Trau mich nicht nach Hause. Mein Vater flippt aus.* Er trank das Bier in einem Zug leer, nahm sich aus dem Rucksack ein neues, öffnete es mit einem Feuerzeug aus seiner Marlboro-Schachtel.
Kippe?
Nee. Was für ne Lehre haste denn gemacht?
Versicherung.
Is ja auch scheiße, sagte ich.
Stimmt, sagte er.
Und warum biste geflogen?
Keine Ahnung.
Er trank die halbe Flasche in einem Zug. Setzte kurz ab, rülpste, und trank sie aus.
Dein wievieltes ist das?
Weiß nicht. Fünftes. Sechstes?
Er schnippte seine Kippe in den See.
Ich mach mich auf den Weg, ich hab gleich noch zwei Stunden.
Was schwänzt du gerade?
Französisch.
Als ich aufstehen wollte, griff er meinen Arm und hielt mich fest.
Bleib.

Lass mich los. Du tust mir weh.
Darf ich dich was fragen?
Was?
Wie ficken eigentlich Lesben?
Arschloch. Lass mich los.
Nee, mal im Ernst. Rubbelt ihr nur, oder steckt ihr euch was rein?
Ich wollte ausholen, aber Cowboy-Markus war schneller, er warf sich auf mich, mit der einen Hand hielt er mir den Mund zu, die andere schob er unter mein Kleid in meinen Schritt. Ich strampelte, versuchte ihn von mir zu drücken, aber er war zu schwer, ich bekam panische Angst.
Sein Bieratem war in meinem Gesicht. Er flüsterte: *Schon mal einen Schwanz drinnen gehabt? Schon mal einen saftigen schönen Schwanz in deiner Muschi gehabt? Oder im Mund? Im Mund?*

Der graue Himmel hatte eine graue Sonne. Der graue Wind war betrunken. Er kotzte seine Fahne in meine Nase. Vermengte seine Atome mit meinen Atomen. Mutter Erde weinte schwarze Tränen.

Bruce Lee sagte in meinem Kopf: *Be water, my friend*. Und ich ließ mich fallen, fiel nach oben, dachte: *Was ist?* Und *Was ist möglich?*
Ich liege am Ufer des Sees und Cowboy-Markus liegt auf mir. Er fühlt sich in Sicherheit, weil ich Bruce Lees Rat befolge. Ich sah uns von oben. Am See. In unserem Ort. Land. Kontinent. Planeten. Sonnensystem. Galaxie. Ich war Wasser. Meine linke Hand fand eine leere Bierflasche. Fasste sie fest am Flaschenhals. Bruce Lee sagte: *Du musst schnell sein.* Cowboy-Markus hatte eine Hand auf meinem Gesicht, eine an seinem Schwanz, der nicht hart genug war. Mit voller Wucht

schlug ich ihm die Flasche gegen den Kopf. Sie ging nicht kaputt wie in all den Filmen. Der Cowboy schrie. Ich schlug wieder zu, rammte mein Knie nach oben. Trat zu. Schlug zu. Bekam ihn von mir runter. *Die Hose in den Kniekehlen ist seine Behinderung, dein Kleid ist dein Vorteil*, sagte Bruce Lee. Ich sprang auf. Bruce Lee sagte *Fahrradrahmen* und ich zerschlug die Flasche mit beiden Händen daran, sie zerbrach und ich hatte eine spitze Waffe. Blitzartig drehte ich mich um und beidhändig hielt ich sie auf den Cowboy gerichtet, der mit runtergelassenen Hosen und erhobenen Händen dastand und sagte:
Hejhejhej, war doch nur Spaß, ganz ruhig Kleine, wir wollten doch nur etwas Spaß haben.
Ich zitterte.
Stimmts?
Der Cowboy bückte sich, zog seine Hosen hoch. Ein Hund kläffte in der Nähe und wurde beim Namen gerufen. Der Cowboy nahm seinen Rucksack, nahm seine Zigaretten. Er ging dem Hundegebell entgegen. Ich blieb noch eine Weile so stehen. Dann stieg ich auf mein Fahrrad, ritt durch eine schwarze Aschewelt geradewegs zur Polizei und zeigte Cowboy-Markus an.

Aus dem Radio kommt eine Treppe in den Himmel. Bill schläft unruhig, manchmal stöhnt er. Vor und hinter uns der Highway, einsam, dunkel, bisher noch keine Tankstelle, kein Diner oder Motel, nichts, wo man hätte anhalten, sich das Gesicht waschen und Bill etwas Eis besorgen können. Aus dem Radio kommen vier Pferde und lösen Led Zeppelin ab. Ein weißes, ein rotes, ein schwarzes und ein grünes, sie galoppieren mit uns durch die Lichtkegel der Scheinwerfer. Ich kenne den Bandnamen nicht, weiß nicht, wie weit es noch ist, ob wir überhaupt eine Chance haben, es rechtzeitig zur Eröffnungszeremonie zu schaffen, ich halte mich strikt ans Tempolimit, aus Angst, von einer Highwaypatrol angehalten und kontrolliert zu werden, so ganz ohne Führerschein und Ausweis. Der Tank ist noch über die Hälfte gefüllt. Der Motor motort herum. Was ist eigentlich eine Nockenwelle? Die gelben Streifen sagen: *Du bist müde*, aber ich kurble das Fenster etwas runter und lasse kühle Luft an mein Gesicht. Etwas Felliges liegt am Straßenrand. Tot und staubig wird es vom Licht kurz erfasst und verschwindet wieder. Ein Schild taucht auf. In der Ferne sehe ich etwas Rotes blinken. Es ist kurz nach zwei, laut Armaturenuhr. Soweit ich es erkennen kann, ist um uns nur Wüste und keine Ortschaft in Sicht. Was da blinkt, muss ein Solitär sein. Als wir näher kommen, erkenne ich die Buchstaben VACANCY. Fast hätte ich die Einfahrt verpasst, weil sie durch kein Schild angekündigt und der Parkplatz nur spärlich beleuchtet ist. Ich halte vor *Dan's Diner*. Einem Diner-Motel-Tankstellen-Dings. Auf dem Parkplatz stehen zwei Trucks und vor dem Motel stehen zwei Wagen. Wo kommen all die Autos her? Während der ganzen Fahrt sind mir kaum mehr als fünf Wagen begegnet. Im Diner brennt noch Licht. Ich stelle den Motor ab. Ich ziehe eine Zehndollarnote aus dem Umschlag im Handschuhfach. Bill sieht nicht gut aus. Er zittert und schwitzt.

Die Tür des Diners knallt hinter mir zu und die zwei Trucker am Tresen drehen sich um. Ich grüße und setze mich ebenfalls an den Tresen, auf dem ein Glaskasten mit einer gefrorenen knallgelben Flüssigkeit steht, durch die träge ein Metallarm rührt. Auf einem Zettel steht *Frozen Margarita*. Ich überlege, wie lange diese Ursuppe hier schon steht und durchgerührt wird, und ob hier jemals jemand eine Margarita

bestellt hat. Kurz darauf kommt ein Mann mit dreckiger Schürze, fettigen, zum Zopf gebundenen Haaren und schiefem Gesicht durch die Schwingtür hinterm Tresen. Er hat einen Teller in der Hand, auf dem ein burritoähnliches Ding in einer Bohnenpampe schwimmt. Seine Fingernägel sind schwarzrandig und stecken mit in der Soße. Er knallt den Teller vor einen der Trucker, wischt sich die Hand an der Schürze ab und schenkt ihm Kaffee nach.
Was kann ich für die junge Frau tun?
Ich brauche Eis.
Wir haben kein Eis.
Und was tut ihr in eure Cola?
Gefrorenes Wasser.
Die Trucker lachen.
Dan ist gut drauf heute, sagt der mit dem Burrito.
Gefrorenes Wasser, wiederholt der andere und die drei Männer lachen erneut los über den tollen Witz.
Komm schon, Dan, verarsch mich nicht, ich hatte einen echten Scheißtag, da draußen im Wagen sitzt ein Freund von mir, der hat geschwollene Augen und er braucht Eis zum Kühlen. Gib mir einfach son Pappbecher voll davon, ich bezahle es auch, und dann bin ich wieder weg.
Dan macht sich erstmal ein Bier auf.

Soso. Die junge Frau bezahlt es auch.
Dan nimmt einen Styroporbecher vom Stapel über der Kaffeemaschine, befüllt ihn mit Eiswürfeln und stellt ihn vor mich hin.
Das macht dann fünf Dollar.
Die beiden Trucker prusten los.
Das ist ja ein verdammtes Schnäppchen, sage ich, knalle die Zehndollarnote auf den Tresen, *stimmt so.*

Der Typ schnappt sich den Schein und ich mir den Pappbecher mit dem Eis, er geht zur Kasse, ich will zur Tür.
Junge Frau, ruft er mir hinterher.
Was?
Dein Wechselgeld.
Ich drehe mich um und der Typ wedelt mit dem Geldschein.
Das gefrorene Wasser geht aufs Haus. Ich bin Dan. Das ist mein Diner.
Nicht sehr witzig. Kat. Das ist mein Mittelfinger.
Die Trucker lachen. Ich nehme die zehn Dollar zurück, Dan zwinkert mir zu und ich sage:
Dann nehme ich auch noch einen Kaffee.
Für hier oder zum Mitnehmen?
Zum Mitnehmen.
Die Trucker gucken zu mir rüber, ich frage sie, wie spät es ist und sie sagen halb drei, die Armaturenuhr geht also richtig. Ich will wissen, wie weit es noch bis zum Duck-Valley-Reservat ist.
400 Meilen, meint der mit dem Burrito.
Scheiße. Das sind noch mindestens sieben Stunden Fahrt. Halb drei plus sieben gleich halb zehn. Wenn wir Glück haben und wenn ich schneller fahre, dann vielleicht. Dann schaffen wir es. Vielleicht.
Geht auch aufs Haus, sagt Dan, stellt einen Styroporbecher mit stinkendem Filterkaffee vor mich hin, *ist nicht mehr ganz frisch, Milch und Zucker sind da drüben.*
Danke, sage ich.

Ich steige wieder in den Wagen und befülle Bills Socke mit Eis. Vorsichtig fühle ich seine Stirn. Sie glüht. Ich lege ihm die kühlende Socke darauf. Bill fasst meine Hand und übernimmt.

Danke, flüstert er.
Du brauchst einen Arzt, flüstere ich.
Wo sind wir?
Bei Dan's Diner, irgendwo an der 93. Der Kaffee schmeckt beschissen, sage ich.
Dann lass uns abhauen, sagt er.

Ich kippe den Kaffee aus dem Fenster, drehe den Zündschlüssel im Schloss, aber der Wagen springt nicht an. Ich probiere es wieder. Und wieder. Und noch mal. Und noch einmal.
Komm schon, sage ich. Aber der Motor stottert nur hilflos und kommt nicht zum Laufen. Eben ging es doch noch. Warum jetzt nicht mehr. Ich hasse es, wenn Dinge kaputtgehen. Warum verreckt mir dieser Wagen ausgerechnet hier und jetzt, hätte ich nur nicht angehalten.
Das sind die Zündkerzen, sagt Bill.
Scheiße, sage ich, steige aus und gehe zurück ins Diner.

Was vergessen, junge Frau?, fragt Dan.
Ich brauche Zündkerzen und Schmerztabletten, sage ich.
Tut mir leid, die sind gerade beide aus. Wie wärs mit einem Zimmer für die Nacht?, fragt Dan und die Trucker lachen.
Scheiße, sage ich.
So schlecht sind die Zimmer nicht, sagt einer der Trucker und Dan lacht.
Der Wagen springt nicht mehr an, wir müssen morgen früh beim Duck-Valley-Reservat sein, sage ich.
Dan sagt, dass wir das wohl nicht schaffen werden. Ob mein Freund eine Rothaut sei, fragt der eine Trucker und was für einen Wagen wir fahren.
Einen Ford, sage ich.
Ford was, fragt der andere Trucker.

Keine Ahnung. Ford. Ein Pickup, sage ich.
Baujahr?
Weiß ich nicht. 80er?
Frauen, sagt der eine Trucker.
Dan legt mir einen Schlüssel mit Anhänger und einen Registrierungsbogen auf den Tresen, den ich ausfüllen soll.
Morgen sieht ein Kumpel sich euren Wagen an. Das Zimmer kostet 40 pro Nacht, bezahlt wird im Voraus, wir haben keinen Swimmingpool, zum Frühstück gibt's Eier.
Okay, sage ich, *ich komme gleich wieder.*

Bill ist schon wieder weggenickt. Er sieht echt nicht gut aus. Er braucht was. Schmerztabletten, einen Arzt, ein Bett. Ich nehme den Umschlag wieder aus dem Handschuhfach, gehe ins Diner zurück und lege Dan die 40 Dollar fürs Zimmer hin.
Ausfüllen.
Er schiebt mir den Registrierungsbogen und den Schlüssel hin. Ich kenne nur Bills Vornamen, also denke ich mir einen Nachnamen aus und schreibe *Bill und Kat Smith* auf den Zettel und Shilas Adresse in San Francisco dazu.
Mr. und Mrs. Smith aus San Fran, sagt Dan und lacht. *Darf ich mal den Ausweis sehen?*
Ist geklaut. Hab doch gesagt, ich hatte einen Scheißtag, sage ich.
Ich will hier keinen Ärger, verstanden?
Ich nicke und nehme den Schlüssel.
Es ist die Nummer 3, manchmal klemmt die Tür. Wenn noch was ist, ich bin noch ein Weilchen wach.
Danke.

Ich gehe zurück zum Wagen, packe alles in Bills Sporttasche, auch sein Gewand und die Haube. Jetzt muss ich nur noch diesen großen Mann in das Motelzimmer bekommen. Ich gehe zur Beifahrerseite und versuche vorsichtig, ihn zu wecken. *Bill, aufstehen, wir müssen hierbleiben. Du musst aufwachen und mitkommen.*
Bill kann nichts sehen, er ist schwach. Ich hake ihn unter und führe ihn zur Tür mit der 3 drauf. Sein Körper ist heiß, seine Kleidung schweißnass, er hat definitiv hohes Fieber. Die Tür klemmt, wie versprochen, ich taste nach dem Lichtschalter. Das Zimmer ist klein, schäbig und sieht aus wie eine Filmkulisse. Gut, dass Bill vorübergehend blind ist. Einem durchgelegenen Doppelbett steht ein Fernseher gegenüber. An der Decke ein wackeliger Ventilator, hinten ein Bad mit Dusche und Klo. Ich ziehe die Überdecke vom Bett und wuchte Bill darauf, er stöhnt, die Eissocke fällt auf den Boden. Ich hebe sie auf und wasche sie im Bad ab. Vielleicht hat Bill innere Verletzungen, daran habe ich noch gar nicht gedacht. Vielleicht sogar lebensgefährliche. Bitte nicht. Bittebittebitte nicht. Das Fieber muss irgendwie runter. Er muss aus den Klamotten raus. Das schaffen wir. Zuerst mal die Stiefel. Das ist gar nicht so einfach, ich bekomme sie nur mit Mühe von seinen Füßen. Ich löse die Gürtelschnalle, ziehe ihm ruckelnd seine Jeans aus, dabei wackelt sein Bauch. Ich ziehe ihm die Socken aus. Das T-Shirt. Er hat eine Tätowierung. Er hat kaum Körperhaare. Im Bad nehme ich ein Handtuch und mache es nass. Ich wische damit seinen ganzen Körper ab und decke ihn zu.
Bin gleich wieder da, flüsterte ich.

Wieder knallt die Tür des Diners hinter mir. Die beiden Trucker sind weg. Dan kommt aus der Küche. Ich lege zehn Dollar auf den Tresen.
Ich brauche Essig und mehr Eis, sage ich.
Du fängst langsam an, mir auf die Nerven zu gehen, sagt Dan, steckt den Geldschein ein, verschwindet wieder in der Küche und kommt mit einer Flasche Apfelessig und einer Schale voll Eiswürfel zurück.
Warte, sagt er, wühlt in einer Schublade unter dem Tresen herum und holt eine gammelige Schachtel Paracetamol raus.
Da müssten noch welche drin sein. Ich gehe jetzt schlafen. Meine Frau ist ab 6 Uhr hier.

Bill hat sich die Decke weggezogen. Er hat Fieberträume, stöhnt und sagt etwas, das ich nicht verstehe. Ich decke ihn zu. Ich wasche den Zahnputzbecher aus, fülle ihn mit Wasser, drücke zwei Tabletten aus der Packung und bringe Bill dazu, sie zu schlucken. Ich tränke ein Handtuch in einer Apfelessig-Wasser-Mischung und wickle es ihm stramm um beide Waden. Ich reibe den Körper mit ein paar Eiswürfeln und dem anderen Handtuch ab. Dann wickle ich Bill fest in das Bettlaken ein und lege ihm eine nasse Socke auf die Augen. Ich wasche das T-Shirt aus und hänge es zum Trocknen in der Dusche auf. Ich muss mal.

Als ich die Hose runterziehe, fällt etwas auf den Boden. Die Mutterträne kullert unters Waschbecken. Ich pinkle. Wische ab. Spüle. Hebe die Mutterträne auf, stecke sie wieder ein und weiß, was ich jetzt machen muss: Ich gehe zurück ins Zimmer und nehme Bills Federhaube aus der Sporttasche, setze sie auf und hocke mich neben ihn im Schneidersitz aufs Bett. Ich lege meine Hände auf seinen Körper und stelle mir vor, dass goldenes Licht herauskommt und ihn heilt. Ich tupfe sein Gesicht ab. Gebe ihm zu trinken. Wechsle seine Essigwickel. Reibe seinen Körper mit Eisresten und feuchten Tüchern ab und wickle ihn stramm wieder ein. Dann mache ich wieder das mit dem goldenen Licht. Das alles wiederhole ich, bis ich spüre, wie die Hitze aus seinem Körper weicht. Ich decke ihn mit der Überdecke zu. Streiche über sein kräftiges Haar. Lege mich neben ihn. Schalte den Fernseher an. Es läuft eine Wiederholungsfolge *A-Team*. B. A. schweißt gerade aus einem Haufen Schrott einen Hubschrauber mit Spezialausrüstung zusammen.

Am Ende stand Aussage gegen Aussage. Cowboy-Markus hatte alles abgestritten. Er behauptete, nicht am See gewesen zu sein, sagte sogar aus, er habe gehört, dass ich lesbisch sei und auf perverse Sexualpraktiken stehe, und ob es nicht sein könne, dass die attestierten Verletzungen meiner Vagina von einer selbst eingeführten Bierflasche herrührten. *Stimmt das*, fragte der Richter: *Sind sie lesbisch? Nein*, sagte ich, *ich glaube nicht. Haben Sie sexuellen Verkehr mit einer Frau gehabt? Ja*, sagte ich. *Aha*, sagte der Richter und hatte keine weiteren Fragen. Als der Fall mangels Beweislage (in meiner Vagina wurden keine Spermaspuren gefunden, es gab keine Zeugen) geschlossen wurde, beschimpfte ich das Gericht und bekam dafür eine Anzeige wegen Beleidigung der Amtsgewalt und in einem weiteren Verfahren eine Vorstrafe zugesprochen und Arbeitsstunden aufgehalst, die ich in einem Behindertenwohnheim ableistete.
Ich sprühte *RAPIST* an sein Elternhaus und er zeigte mich wegen Rufschädigung an. Diesmal hatte ich keine Spuren hinterlassen und es gab keine Zeugen. Ich ließ ihm in den nächsten Jahren von den Pizzalieferdiensten in der Nähe alle

Pizzen der Karte an seine Adresse liefern. Ich bestellte jeden Samstag ein Taxi für 6 Uhr 30 morgens. Als ich Jahre später von seiner bevorstehenden Hochzeit erfuhr, ich studierte inzwischen Kunst und hatte gerade ein Stipendium in einem Künstlerhaus in Tokio, buchte ich einen Flug nach Hause, mischte mich unter die Gäste und als die Braut mich fragte, woher ich Markus kenne, sagte ich: *Von einer Vergewaltigung. Und du?* Shila schickte ihm ein Hochzeitspaket mit französischem Hundekot aus Paris, wo sie inzwischen Philosophie studierte.

Ich bin eingeschlafen und wache am frühen Morgen während einer Verkaufssendung für Hautprodukte wieder auf. Bills Atem geht ruhig, die Prellungen an seinen Augen sind nun blau, aber nicht mehr ganz so stark geschwollen. Ich fühle seine Stirn. Das Fieber ist zurückgegangen. Ich nehme ihm die Wadenwickel ab und decke ihn gut zu. Im Bad wasche ich das Essighandtuch aus und betrachte dabei mein Spiegelbild. Ich habe immer noch Bills Haube auf, meine Lippen sind trocken, auf meiner Nase schält sich die Haut. Ich nehme Geld und gehe rüber zu *Dan's Diner*.
Draußen sehe ich diesen Ort der Trostlosigkeit zum ersten Mal bei Tageslicht. Ein Truck steht auf dem Parkplatz, die beiden anderen Wagen von gestern und unser Pickup. An der Ladefläche ist immer noch mein Hemd befestigt. Ich nehme es ab und binde es mir um die Hüften. Ich drehe mich auf der Pickup-Fläche im Kreis. Dieser Ort liegt mitten im Nirgendwo, drum herum nur Staub und Wüste, Kakteen, Bergketten in der Ferne und der Highway.

Hinter der Theke steht eine ältere Frau mit rot gefärbten Haaren, die es nicht merkwürdig findet, dass ich eine Indianerhaube trage, mir einen guten Morgen wünscht, mich *Honey* nennt und sagt, dass sie Doris heißt. Ich setze mich an den Tresen, sie schenkt mir eine Tasse Kaffee ein und fragt, wie ich meine Eier will. Der Trucker sitzt an einem der Tische und liest Zeitung, irgendein Boulevardblatt mit dicken roten Buchstaben in einer Headline, die aus kurzen Worten besteht. Der Kaffee schmeckt bitter, ich nehme ein Zuckerpäckchen aus dem Spender. Die Haut an meinen Oberschenkeln fängt auch an, sich zu schälen. Ich möchte mal wissen, wie viele Meilen ich gestern bis zur Tankstelle durch die Sonne gelaufen bin. Gestern. Das war erst gestern. Komisch. Irgendwo zwischen Gestern und New York habe ich eine Abzweigung genommen. Irgendwo zwischen der Tankstelle und New York fährt dieser Typ mit seinem Scheißwagen rum und hat meinen Rucksack im Kofferraum. Doris kommt und stellt mir fettiges Rührei und eine Flasche Heinz-Ketchup hin.
Best food in town, sagt sie. Witzig.
Gibt es hier Internet?, frage ich.
Doris stemmt ihre Hände in die Hüften.
Sehe ich so aus?
Nein, sieht sie nicht.
Kann ich mal telefonieren?
Draußen beim Motel ist ne Telefonzelle, sagt sie und schiebt einen Ständer mit Salz, Pfeffer und Tabasco neben meinen Teller.
Noch Kaffee?
Nein, danke, erstmal nicht.
Ich begutachte das Rührei und sortiere Teile davon an den Tellerrand. Ich bin mit Essen nicht einfach. War ich noch nie. In Japan hat mir das den Namen *Miss Picky* eingebracht. Ich

kann einfach nichts essen, was noch krabbelt oder sich windet oder was glibberig und glitschig ist. Ich nehme das Tabasco-Fläschchen und spritze etwas davon über das Rührei. Ich beiße in eine gebutterte Toastecke. Wann habe ich eigentlich zuletzt gegessen? Vorgestern. In San Francisco. In einem anderen Leben.

Während meines Tokio-Aufenthalts lernte ich nicht nur das traditionelle Brokatweben an alten Webstühlen (meine künstlerische Arbeit bestand in den folgenden Jahren darin, das Konterfei von Verbrechern in Brokat nachzuweben), sondern besuchte auch regelmäßig einen Zen-Tempel und lernte das stille Sitzen. Der Meister lehrte mich auch die Sache mit der Bedeutung. Dass wir die Macht haben, den Dingen die Bedeutung zu geben oder zu entziehen. Ich webte Cowboy-Markus' Gesicht, er wurde Teil meiner Verbrecher-Serie und reihte sich neben Diktatoren, Massenmördern, einem Investmentbanker, Drogenkartellbossen und einem russischen Präsidenten in eine Ausstellung ein, mit der ich Preise gewann und die um die Welt reiste. Das ist auch der Grund, warum ich jetzt in New York lebe. Eine Galeristin sprach mich bei einer Gruppenausstellung an, wo zwei meiner Verbrecher hingen. Wieviele Verbrecher denn auf meiner Liste stünden, wollte sie wissen.
Viele, sagte ich.
Ich will sie alle kennenlernen, sagte sie.
Sie heiße Giulia und sie habe eine Galerie in Chelsea. Sie fände das den perfekten Ort für mich und meine Verbrecher. Sie gab mir ihre Karte und lud mich ein, sie zu besuchen. Dann betranken wir uns mit Wodka und bauten die Beschissenheit der Welt zwischen uns auf, bis sie in sich zusammenfiel. Seitdem ist sie meine Galeristin.

Dan kommt durch die Schwingtür. Er sieht müde aus, ist frisch geduscht und riecht nach beißendem Aftershave. Er hat ein Funkgerät in der Hand, legt es auf den Tresen neben mich, wechselt mit Doris einen Blick, der 25 Jahre alt ist, grüßt den Trucker und macht das Radio an. Sie stellt ihm einen Kaffee hin.
Na, Häuptling, auch schon wieder wach?, fragt Dan und setzt sich neben mich.
Jep, sage ich.
Und wie geht es deinem Freund?
Ich glaub, er is übern Berg.
Ah. Das sind doch gute Neuigkeiten. Dan nimmt einen ordentlichen Schluck. *Ich hab auch Neuigkeiten für dich.*
Ich schaue ihn an und höre auf zu kauen.
Jeff ist gestern noch bis Vegas gefahren, wo er vorhin angekommen ist.
Wer ist Jeff?
Einer von den beiden Truckern, die hier gestern Nacht saßen. Du erinnerst dich an diesen großen, charmanten, gutaussehenden Herrn, der dort saß?
Klar.
Er ist n Kumpel von mir. Und Jeff hat in Vegas einen Kumpel mit ner Autowerkstatt. Na, klingelts?
Nee.
Jedenfalls hat er in Vegas die passenden Zündkerzen für deinen Wagen besorgt und sie einem anderen Kumpel mitgegeben. Der kommt heute hier vorbei. Müsste so in 3 Stunden da sein.
Was sagste? Dan nimmt einen Schluck und grinst.
Ich dachte, du bist ein Arschloch, sage ich.
Bin ich auch, sagt Dan.
Oh ja, sagt Doris.
Danke, sage ich und denke, dass die Welt vielleicht doch

noch nicht verloren ist, solange es Menschen wie Dan und Jeff und Doris gibt.

Ich bestelle noch einen Tee für Bill, zahle, lasse mir genügend Quarter für die Telefonzelle geben und gehe wieder rüber in Zimmer 3, um nach Bill zu sehen.

Er schläft ganz ruhig. Der ganze Raum stinkt nach Essig. Ich mache das Fenster auf und den Wackelator an. Er quietscht. Ich kann gar nicht hinsehen, weil ich dann sofort denke, dass er jeden Augenblick von der Decke kommt. Ich stelle den Tee neben Bill auf den Nachttisch und befühle seine Stirn. Sie ist warm, aber trocken. Es ist kurz vor acht. Ich lasse ihn schlafen und gehe zum Münztelefon vorm Haus. Ich drücke die Null.

Operator, was kann ich für Sie tun?
Ich möchte ein R-Gespräch anmelden.
Einen Moment bitte. Welche Nummer?
Die müssen Sie für mich raussuchen.
Wie heißt der Teilnehmer?
Shila Kermani.
Können Sie das buchstabieren? Vorname?
Shila. S-H-I-L-A.
Nachname?
Kermani. K-E-R-M-A-N-I.
Welcher Bundesstaat?
Kalifornien.
Ich habe hier einen Eintrag in Berkeley und eine Mobilnummer.
Verbinden Sie mich bitte mit der Mobilnummer.
Wen darf ich anmelden?
Katharina.

Der Kontakt zwischen Shila und mir ist nie abgerissen. Wir sind zwei Elefantenkühe, unsere Freundschaft ist tief. Shila war ein Jahr vor mir nach Amerika gegangen. Sie folgte einer Gender-Philosophin nach Berkeley, bei der sie jetzt promoviert. Shila ist »polyamourös« und lebt mit ihren beiden Partnern, einer Frau und einem Mann, zusammen in einem kleinen viktorianischen Häuschen. Ich bin nicht polyamourös. Ich bin eifersüchtig. Ich kann nur einen Menschen auf einmal an mich heranlassen. Nach Shila kam lange niemand. Dann kam Kim. Dann Sebastian. Und dann kam ein ganzes Durcheinander. Seitdem ich in New York bin, bin ich allein. Komisch, so viele Menschen und zusammen sind sie eine Wüste.

Obwohl es noch so früh am Morgen ist, ist es schon unglaublich warm. Ich schließe das Fenster und lege mich zu Bill unter den Ventilator. Er versucht, seine Augen zu öffnen, seine geschwollenen Lider zucken, aber er kriegt sie nicht auseinander.
Lass, sage ich, *schhh*.
Dann geht sein Atem wieder ruhig und gleichmäßig. Ich glaube, es geht ihm besser. Ich rieche an meinen Achseln und denke: *Biber*. Eine Dusche wäre jetzt gut. Eine richtig gute Idee. Dafür müsste ich aufstehen. Ich müsste ...

Und dann bin ich auf einmal wach, weil Bill nicht aufhört, über meinen Arm zu streichen und meinen Namen zu sagen.
Kat. Wach auf. Kat.
Ich mache die Augen auf. Die Vorhänge sind aufgezogen. Im Fernseher läuft eine Werbesendung für Bauchweggürtel. Bill ist frisch geduscht, trägt seine Pilotensonnenbrille, das Jet-Tankstellen-Baseballcap und frische Klamotten. Bills Hand streichelt meinen Kopf, er berührt die Federn seiner Haube.

Auf einmal komme ich mir dämlich vor, als hätte ich seinen Schmuck entweiht, als hätte ich etwas unglaublich Blödes getan, als stünde es mir nicht zu, diese Federn zu tragen, geschweige denn mit ihnen einzuschlafen und sie zu verknicken.
Es tut mir leid, sage ich.
Es ist okay, Tsakakawia, sagt Bill.
Wir haben es nicht geschafft, sage ich, *die Zeremonie …*
Schhhh …, sagt Bill, *Danke für das, was du für mich getan hast.*
Jeff hat uns Zündkerzen besorgt, sage ich.
Dan und ich haben sie schon eingebaut, sagt er.
Das ist gut. Wie geht es dir?, frage ich.
Besser, sagt er, *ich habe Kopfweh und kann nicht richtig sehen …*
Sei froh. Das Zimmer ist so hässlich, da fällst du um. Bill lacht.
Du bist jetzt meine Augen, sagt er.

Im Bad stinkt es immer noch derbe nach Essig. Ich nehme die kürzeste Dusche der Welt und schlüpfe in meine dreckigen Klamotten. Ich packe die Sporttasche, mache das Bett, nehme die Zigaretten, den Zimmerschlüssel, die Haube und den Umschlag mit dem Geld, drehe mich noch einmal um und sehe durchs ganze Zimmer, mache ein inneres Foto. Dieses. Jetzt. Klick.

Der Parkplatz ist leer. Nur unser Pickup steht da noch. Bill sitzt draußen im schmalen Schatten vor dem Diner und unterhält sich mit Dan.
Howdie, Häuptling Langer Schlaf, ruft Dan.
Howgh, sage ich, hebe eine Hand, gehe zu den beiden rüber und gebe Bill seine Haube zurück.
Es ist jetzt deine, Tsakakawia, sagt er und setzt sie mir auf.

Dan grinst, ich bin nicht gut mit Abschied und verstaue schnell die Sporttasche hinterm Beifahrersitz des Pickups.

Schlüssel steckt, sagt Dan.
Was kriegst du für die Zündkerzen und deine Arbeit?, frage ich.
Hat er schon bezahlt, sagt Dan und zeigt auf Bill.
Dan, Danke.
Keine Ursache.
Ich gebe Dan den Zimmerschlüssel und drücke ihm hundert Dollar in die Hand.
Für Jeff und Ted, sage ich, *mach ihnen anständige Burritos.*
Das ist zuviel, sagt Dan.
Dann mach ihnen zehn Mal anständige Burritos.
Du bist in Ordnung, Häuptling.
Du auch.
Doris will dir noch was geben, sie ist drinnen. Und dann schnappst du dir deinen Freund hier und und bringst ihn zum Powwow.

Doris sitzt am Tresen und liest Zeitung. Die Tür knallt hinter mir in den Rahmen. Sie schaut hoch und breitet die Arme aus. *Komm her, Honey. Dein Freund Bill hat Dan erzählt, was dir passiert ist. Und Dan hats mir gesagt. Alles geklaut, du Arme.*
Doris drückt mich an ihren Busen, geht um den Tresen herum und stellt eine Papiertüte auf die Ablagefläche. Nach und nach befördert sie ein paar Gegenstände heraus.
Ich hab dir ein kleines Care-Paket zusammengestellt. Eine Flasche Wasser. Schau, hier, Sonnencreme. Du musst dich eincremen. Und: Aloe Vera. Ist nur noch ein Rest, aber das tut gut am Abend. Gegen deinen Sonnenbrand. Ein Deo, ich dachte, vielleicht, nun ja, es riecht ganz neutral. Und dann habe ich

noch ein paar ..., also, ich werd da ja nicht mehr reinpassen. Hier. Ein Slip. Naja. Schön ist was anderes, aber das hat man früher so getragen. Shorts. Und eine Bluse. Sei so lieb und nimm das einfach an.
Ich weiß nicht, was ich sagen soll, sage ich.
Ein einfaches Danke reicht.
Danke, Doris.
Wenn Du willst, kannst du es gleich anziehen, da hinten sind die Toiletten.

Zehn Minuten später trete ich aus Dan's Diner, knallt die Tür hinter mir in den Rahmen, drehen sich Dan und Bill zu mir um und grinsen. Ich stecke in den Hotpants von Doris, die Bluse überm Bauch verknotet. Die Haube auf dem Kopf.

Dan pfeift. *Doris, bist du es? Du siehst 30 Jahre jünger aus.*
Sexy, sagt Bill.
Halt die Klappe, sage ich.
Time to say goodbye, sagt Dan.

Ich drehe den Zündschlüssel, Motor und Radio springen an, ich nehme die grüne Plastiksonnenbrille vom Armaturenbrett und setze sie auf.
Wunderschönes Paar, ruft Dan durchs Fenster, *kommt mal wieder vorbei.*
Wir rollen los, Dan und Doris winken. Ich mache die Untertitel an.
Dan und Doris winken, sage ich. Wir winken auch.
Zigarette?, frage ich.
Ja, sagt Bill.
Ich drücke den Zigarettenanzünder rein. Wir fahren. Wir fahren mit Wind in den Fenstern. Wir fahren mit Musik in

den Ohren. Wir sind zwei Delphine im Wasser. Einer davon ist fast blind. Wir könnten Helden sein. Nur für einen Tag. Ich, ich wäre der König. Und du, du wärst die Königin. *Klack* macht der Anzünder. Ich nehme zwei Marlboro aus der Schachtel, zünde sie an und reiche eine davon Bill.
Das sind Cowboy-Zigaretten, sagt er.
Ich weiß, sage ich.
Was siehst du?, fragt Bill.
Das Land deiner Leute.
Wie sieht es aus?
Schön, sage ich.
Hier haben sie Atomtests gemacht in den 50ern und 60ern, sagt Bill.
Davon sieht man gar nichts. Die Landschaft liegt unbeteiligt herum, so wie sie auch in vielen Jahrtausenden noch herumliegen wird.
Es gibt einen Berg, der heißt Shoshone Mountain, sagt Bill.
Da möchte ich mal hin, sage ich.
Was würdest du da machen?, fragt Bill.

Eines Tages war es so weit, ich bin morgens aufgewacht und wusste: Es ist vorbei. Ich bin zu Giulia in die Galerie gefahren und hab gesagt, dass ich einen meiner Verbrecher brauche. Ich habe mir das Brokat-Bild von Cowboy-Markus aus dem Rahmen nehmen lassen und es mit nach Hause genommen. Auf meiner Dachterrasse habe ich abends ein Feuer gemacht. Über dem grün angestrahlten Empire State Building stand der Mond und ich legte Cowboy-Markus in die Flammen. Ich nahm ihm seine Bedeutung, er hatte keine Macht mehr über mich. Die Flammen fraßen sich durch sein Gesicht, entstellten ihn, verwandelten ihn in Asche. Er wurde zu einem, irgendeinem Menschen, der mein Leben einmal gestreift hatte.

Die Asche sammelte ich in einer kleinen Schachtel. Packte meinen Rucksack und flog nach San Francisco. Unangekündigt stand ich vor Shilas Haustür, zeigte ihr die Schachtel und sagte: *Wir müssen etwas beerdigen.* Sie sagte: *Ich bin so froh.* Gemeinsam fuhren wir über die Golden Gate Bridge nach Marina County ins Grüne, wanderten bis zum Meer, wo wir die Asche bei Sonnenuntergang in die Wellen streuten. Shila fragte nicht. Ich glaube, sie wusste es einfach. Ich blieb nur ein paar Tage und wollte dann mit einem Typen zurück nach New York fahren. Über eine Onlineplattform hatte er einen Mitfahrer gesucht, es war geplant, sich mit dem Fahren abzuwechseln, wir wollten in spätestens drei Tagen an der Ostküste sein. Leider war der Typ ein Arsch. Im Death Valley hatte ich seine Hand im Schritt. Ich knallte ihm eine, stieg aus und er fuhr davon. Bis zur nächsten Tankstelle waren es einige Meilen.

Ich sitze auf einem Stein im Duck-Valley-Reservat und vor mir steht ein Indianer. Er trägt ein gelbes Baseballcap der Tankstellenmarke Jet, ein Gewand mit einem Brustschmuck aus Knochenstäbchen, die ein Muster ergeben, und perlenbestickte Mokkasins. Sein Name ist *Schnee im Herbst*, und er hat zwei blaue Augen. Wir kennen uns schon ein ganzes Leben, und dieses Leben ist zwei Tage alt.
Schnee im Herbst reicht mir eine Decke und ein Bier und setzt sich neben mich. Wir schauen der Sonne beim Untergehen zu. Ich bin müde und es ist gut, dass ich nicht reden muss, dass es in Ordnung ist, still zu sein, dass wir nicht sprechen müssen, um uns miteinander wohlzufühlen.
Zigarette?, fragt *Schnee im Herbst* nach einer Weile.
Ja.
Wir rauchen.

Ich hatte mal ein Tomahawk, sage ich.
Ich hatte mal ein Mobiltelefon, sagt *Schnee im Herbst.*
Hinter uns fangen sie wieder an zu trommeln. Gesang setzt ein. Irgendwann ist die Sonne hinter den Bergen verschwunden. Der Himmel macht langsam die Sterne an und wir sind wieder zurück an unserem Platz am Rande der Galaxie.

Man muss erst mal werden, wer man ist, sagt *Schnee im Herbst.*
Ich bin froh, dass du wurdest, wer du bist, sage ich, fasse in die linke Hosentasche und nehme den kleinen schwarzen Stein heraus.
Wenn ich auf dem Shoshone Mountain wäre, dann würde ich dort ein kleines Loch graben und diesen Stein da reintun, sage ich.
Ich lege ihn in Bills Hand und schließe seine Finger darüber.

POLARKREIS

EIN ZETTEL AUF DEM KÜCHENTISCH
GESCHRIEBEN AM 20. JUNI

Bin »Zigaretten holen«.
Polar

ERSTE POSTKARTE
ABGESTEMPELT AM 20. JUNI IN MÜNCHEN, DEUTSCHLAND

Mach Dir keine Sorgen, es geht mir gut.
30 Grad im Schatten und ein kaltes Bier
vor der Nase. Pflanzerlsemmeln sind nicht
vegetarisch. Bleib, wo Du bist.

Versuche etwas herauszufinden.
Polar
PS: Mein Telefon bleibt erstmal aus.

Die Karte zeigt den Marienplatz, bevölkert mit in Trachten gekleideten Männern. Es wehen bayerische Fahnen.

ZWEITE POSTKARTE
ABGESTEMPELT AM 23. JUNI IN ROM, ITALIEN

Bleib bloß weg, Rom erstickt unter Touristen. Es ist furchtbar: Amerikaner sind laut. Asiaten gibt's nur in Schwärmen. Deutsche nur mit Sandalen und in knitterfreiem Beige. Deswegen sind die Römer wohl auch unhöflich und das Essen so teuer: Damit sie ihr schönes Rom ganz für sich alleine haben. Ich zerre aus meiner Vokabelkiste italienische Sätze hervor, die ganz staubig sind, aber gut auf der Zunge liegen. Mein Hotel hat nur zwei Sterne. Die Hitze zwingt mich tagsüber unter den Ventilator und nachts in die Schlaflosigkeit. Möchte etwas Schelmisches mit dem Papst anstellen, nur fällt mir nichts ein.

Polar

Die Karte zeigt ein Portrait von Papst Benedikt XVI. Er segnet.

DRITTE POSTKARTE
ABGESTEMPELT AM 23. JUNI IN ROM, ITALIEN

Der Vatikan wird überbewertet. Auch die Sixtinische Kapelle. Da hatte ich schon größere Erleuchtungen. Im Thüringer Wald zum Beispiel, unter Buchen, die ihr Laub ganz leise fallen ließen. Und trotzdem geschieht hier etwas Unfassbares: Mich springt von überall Geschichte an, so dass ich mir ganz klein vorkomme mit meinem popeligen Menschenleben. Im Angesicht der Gladiatorenkämpfe schrumpfen meine Probleme zu einem lächerlichen Etwas zusammen. Das ist doch schon mal was. Halte durch.

Es kämpft für Dich
Polar

Die Karte zeigt das Kolosseum. Der Himmel ist wolkenlos.

VIERTE POSTKARTE
ABGESTEMPELT AM 25. JUNI IN NEAPEL, ITALIEN

Dass ich in Neapel gelandet bin, ist Zufall: Habe einfach den nächstbesten Zug genommen, der vom Roma Termini fuhr. Während der Zugfahrt hierher hatte ich, mein Spiegelbild in der Fensterscheibe betrachtend, ein Gefühl der Entfremdung. Mir war, als habe jemand anderes alle Entscheidungen getroffen. Haarschnitt. Kleidung. Ausbildung. Arbeit. Liebe ... Konnte nicht aufhören zu denken: Wer ist diese Person? Und was willst Du von ihr?

Cumme, cazzo, coce?
Polar

Die Postkarte zeigt die Bucht von Neapel mit dem Vesuv im Hintergrund.

FÜNFTE POSTKARTE
ABGESTEMPELT AM 26. JUNI IN NEAPEL, ITALIEN

Trinke gerade den besten Espresso meines Lebens in einer kleinen Bude am Hafen von Neapel. Nach der dritten Tasse tanzt mein Blut. Habe eine Münze geworfen, um rauszubekommen, wie es weitergehen soll. Vorderseite. Also warte ich jetzt auf eine Fähre, die mich nach Ischia bringen wird. Vielleicht finde ich auf der Insel etwas Ruhe. Kannst Du sagen, warum Du mich liebst? Mir fallen entweder keine oder völlig bescheuerte Antworten ein.

Cha cha cha,
Polar

Die Postkarte zeigt eine alte Italienerin mit einem Esel vor einem Steinhaus. Der Esel schaut nicht in die Kamera. Die Italienerin auch nicht.

ERSTER BRIEF
ABGESTEMPELT AM 28. JUNI AUF ISCHIA, PROVINZ NEAPEL, ITALIEN,
GESCHRIEBEN AUF DER RÜCKSEITE DES RESTAURANTTISCHUNTERLAGENPAPIERS
»DA GIOVANNI«

Es ist Neumond, und ich sitze auf der Terrasse mit eiskaltem Weißwein. Habe hier für ein paar Tage ein Zimmer gemietet. Das Wetter ist herrlich. Das Meer tiefblau. Und, um die Standardauskünfte zu vervollständigen: Das Essen ist hervorragend. Alles fällt von mir ab, wie Laub von einem Baum im Herbst oder der Schwanz von einer Eidechse. An Giovannis Strandbude habe ich Bruschette gegessen, die so unglaublich gut waren, dass ich wahrscheinlich von jetzt an alles daran messen werde. Einfaches kann so gut sein. Hört sich an wie ein Kalenderspruch und vielleicht ist es auch nicht nur kulinarisch gemeint. Hier sind die Zitronen groß wie Bauarbeiterfäuste.

Riech mal,
Polar

PS: Ich weiß, ich schulde Dir alles. Eine Erklärung. Eine Antwort. Ein Leben vielleicht.

Dem Brief beigefügt: ein Blatt von einem Zitronenbaum, ein Rosmarinzweig, einige Salbeiblätter.

SECHSTE POSTKARTE
VERSCHMIERTER, UNLESERLICHER STEMPEL, WAHRSCHEINLICH AM 30. JUNI,
ISCHIA, PROVINZ NEAPEL, ITALIEN

*Erfüllung eines Traumes: Habe Vespa fahren gelernt.
Erstmal immer um die Piazza rum, dabei drei Fastunfälle
gebaut. Unter wildem Gehupe und lautem Geschimpfe:
Porca Puttana, testo d'cazz', stupida, puttana eva, usw.
wurden mir die ersten Runden verziehen. Das Gefühl des
Fahrtwindes hat mir so gut gefallen: Jetzt gehört das
olle Teil mir. Habe meinen Koffer gegen einen Rucksack
umgetauscht. Was nicht reinpasste, habe ich nicht
mitgenommen. Weiter geht's mit Wind um die Beine.
Ich rieche nach Schutzfaktor 30 und Salz.*

*Winkewinke,
Polar*

Die Karte zeigt eine Vespa aus den 60er Jahren.

SIEBTE POSTKARTE
ABGESTEMPELT AM 2. JULI IN LACCO AMENO, ISCHIA, PROVINZ NEAPEL, ITALIEN

Mit der Vespa auf der Küstenstraße um die Insel. Fühle mich wie Neil Armstrong. Ein kleiner Schritt für eine Touristin, aber ein großer Schritt für Polar. Ich wollte nie wieder anhalten, aber dann ging mir fast der Treibstoff aus, also fuhr ich an der nächsten Tankstelle vor. Ließ meinen Astronautenhelm auf und sah mich um: Im schmalen Schatten des Gebäudes hingen zwei dicke Italiener mit Sonnenbrille und verschmierten Haaren / T-Shirts / Hosen in ihren Plastikstühlen.
In der Sonne standen drei Zapfsäulen. Nichts bewegte sich außer mir.
An der ersten stand nichts, an den anderen Zapfsäulen waren handbeschriebene Pappschilder angebracht: 95 und 98.
In meinem Kopf kreiste das Wort »Oktan« und die Frage, was ich in mein Raumschiff füllen soll. Ene mene meck:
Ich entschied mich für die Mitte und machte ein arrogantes Gesicht in Richtung der Plastikstühle. Cazzi.

»Make it so.«
P.

Die Karte ist sehr verblichen und zeigt den Monte Epomeo auf Ischia.

ACHTE POSTKARTE
ABGESTEMPELT IN ISCHIA, PROVINZ NEAPEL, ITALIEN, UNLESERLICHES DATUM

Das Meer, die olle Diva, hat schon wieder ihr türkises Kleid angezogen. An den Felsen von Zaro schlägt sie sich die Schienbeine an (ich mir auch), und ihre Dauerwelle schmeckt salzig. Ich habe mit ihr gerungen, ihr Tritte verpasst und sie hat mich ausgespuckt. Erschöpft legte ich mich mit meinem Handtuch in eine warme Steinmulde. Eine Mutter fischte mit ihrem dicken Sohn Seeigel und Muscheln aus der Tiefe. Mit einem Messer brachen sie die Stachelwesen auf und reichten auch mir eine Schale mit Orangenem im Innern. Ich wagte nicht abzulehnen. Es schmeckte enttäuschend. Auf dem Rückweg, in einem kleinen Wäldchen, tummelte sich über einem Tümpel eine schwarze Wolke: trillionen Mücken. Ich hielt an und ließ mich stechen ...

Ich brauche noch.
Polar

Die Karte zeigt Ischia bei Sonnenuntergang.

ZWEITER BRIEF
ABGESTEMPELT AM 3. JULI IN ISCHIA, PROVINZ NEAPEL, ITALIEN

*Mein Herz,
ich fuhr gewundene Straßen an der Küste entlang, die sich
immer weiter in die Höhe schraubten, dem Monte Epomeo
entgegen. Am Straßenrand sah ich, auch in den letzten Tagen
schon und überall auf der Insel, Plakate mit Todes-, Geburts-
und Hochzeitsanzeigen, oftmals auch mit einem Foto des
Verstorbenen oder des Babys oder zwei Ringen als Symbol …
Ich dachte an uns und wurde auf einmal sehr traurig.
Mache ich hier gerade alles kaputt?
Habe bei einer kleinen Kirche in einer Ortschaft angehalten,
und als ich die schwere Holztür öffnete, war gerade Gottesdienst, alle Köpfe gingen in meine Richtung. Ich erschrak
und stellte erstaunt fest, das heute Sonntag ist, und dass ich
das Gefühl für Zeit verloren hatte, ich rätselte, wie lange
ich nun schon weg war, trat ein, blieb beim Weihwasserbecken stehen, tauchte meine rechte Hand hinein und machte
irgendeine verschwommene Bewegung, von der ich glaubte,
es sei ein Bekreuzigen. Die Köpfe gingen wieder in die andere
Richtung.
Das Schiff war sehr einfach, vorm Altar eine Madonnen-
statue, und Jesus hing gekreuzigt im Hintergrund herum.
Die wenigen Bänke waren alle belegt. Ein Pfarrer, der seine
Predigt runternudelte, trug ein grünes Katholikenkostüm.
Im Weihwasserbecken waren Würmer. Ohne Scheiß. Der
Gesang der Gemeinde leierte zum Losprusten komisch, und
dennoch war ich seltsam berührt. Von der Gemeinschaft,
den vielen jungen Menschen unter den Besuchern. Den
Kindern, die einfach so herumliefen. Dem Dorf, das hier
zusammenkam. Am Altar war mit Tesafilm ein Madonna-*

bild angebracht. Der Pfarrer ging, so schien es, nach Belieben mal eben in einen Nebenraum, um irgendwelche Gegenstände zu holen, die bei der kleinen Gottesdienstaufführung eine Rolle spielten. Dann das Vaterunser auf Italienisch. Pace und Amen. Und hinterher wurde geküsst, umarmt – auch ich. Pace. Bevor ich ging, schaute ich noch mal zu den Würmern im Weihwasser und roch an den Fingern meiner rechten Hand. Hätte das gerne zusammen mit Dir erlebt.

Dein.
P.

NEUNTE POSTKARTE
ABGESTEMPELT AM 3. JULI IN ISCHIA, PROVINZ NEAPEL, ITALIEN

Habe heute das Castello Aragonese besucht. Das ist eine Festung, die auf einer Miniinsel vor der Stadt Ischia Porto liegt. Das Allerbeeindruckendste: die Nonnengruft. Hier wurden verstorbene Nonnen aufrecht in spezielle Steinsessel gesetzt, während die lebende Nonnengemeinde täglich im selben Raum neben den verwesenden Körpern über den Tod meditierte. Bei mir ist es genau andersrum. Ich meditiere täglich umgeben von Lebenden über das Leben.
Habe am Nachmittag mein Telefon angemacht und habe neben Deinen Nachrichten meine fristlose Kündigung abgehört.

Ich vermisse Dich auch.
Polar

Die Postkarte zeigt die unterirdische Nonnengruft des *Convento delle Clarisse* auf der *Castello Aragonese*.

ZEHNTE POSTKARTE
ABGESTEMPELT AM 5. JULI IN NEAPEL, ITALIEN

Aus der Ferne lockte seit Tagen der Vesuv. Habe am Morgen die Fähre zurück ans Festland genommen und ihn bestiegen. Naja »bestiegen«: Konnte mit der Vespa fast bis nach ganz oben. Dann stand ich am Kraterrand und hatte plötzlich eine Ahnung von der Fragilität der Dinge. Gleichzeitig fühlte ich eine immense Kraft in mir aufsteigen. Irgendetwas an diesem Vulkan war weiblich und männlich zugleich und bildete eine Einheit. Nicht lachen: Es zwang mich auf den mit Flechten überzogenen Lavaboden. Da lag ich und heulte. Morgen sehe ich mir Pompeji an.

Deine Suse,
Polar

Die Postkarte zeigt einen Blick in den Krater des Vesuvs.

ELFTE POSTKARTE
ABGESTEMPELT AM 6. JULI IN POMPEJI, ITALIEN

Bevor Du stirbst, musst Du das hier gesehen haben, ich komm auch noch mal mit. Kann das nicht in Worte fassen: Eine komplette Stadt, die zugleich ausgelöscht und eingefroren wurde. Ihre toten Bewohner liegen in ihren Betten und sind noch immer überrascht. Da liegt auch noch ihr Brot in der Bäckerei. Diese körperliche Manifestation des Lebens im Tode machte mich kurz zum Gaffer, weil das nicht Kunst ist, sondern Alltag. Und ich dachte, wenn ich da hätte liegen müssen, ich wünschte, es wäre neben Dir gewesen. Uns dürften meinetwegen auch zweitausend Jahre später Leute beim Schlafen zusehen. Wir sollten nicht mehr streiten. Unfassbar: Wieviele Menschenleben nötig waren, um mich hervorzubringen. Hoffentlich ist keiner von den Toten enttäuscht. Mir reichen schon die Lebenden.

Aus dem Fortuna-Tempel,
Polar

Die Karte zeigt den Fortuna-Tempel im antiken Pompeji. Im Hintergrund der Vesuv.

ZWÖLFTE POSTKARTE
ABGESTEMPELT AM 7. JULI IN SALERNO, PROVINZ SALERNO, ITALIEN

Fahre weiter die Küste runter. Die Kurven sind teilweise so eng, dass man fast zum Stehen kommt. Ich finde mich mutig, werde aber trotzdem ständig überholt, weil die Italiener sieben Leben haben. Eine kleine Katze hatte ihre Leben alle aufgebraucht, gespenstisch platt lag ihr Körper da auf dem Asphalt und ich sah ihren aufgeplatzten Kopf an meinem Knöchel vorbeiziehen.

Ganz still,
Polar

Die Karte zeigt Amalfi bei Nacht.

DREIZEHNTE POSTKARTE
ABGESTEMPELT AM 9. JULI IN SCALEA, PROVINZ COSENZA, ITALIEN

Man hat mir meinen Rucksack geklaut.
Und irgendwie ist's nicht mal schlimm.
Sorge Dich nicht.

Erleichtert,
Polar

VIERZEHNTE POSTKARTE
ABGESTEMPELT AM 10. JULI IN MILAZZO, SICILIA, ITALIEN

Bin für heute im Casa Maria untergekommen, bei einer dicken italienischen Mamma, die hervorragend kocht und mich unter drei Gängen nicht vom Tisch lässt. Als sie wissen wollte, warum ich alleine reise, sah sie sofort, dass sie einen Fehler gemacht hatte. Da hat sie mir Grappa gebracht und den Nachtisch.

In Liebe,
P.

PS: Ich trage jetzt einen Fedora.

Die Karte zeigt einen dösenden alten Mann mit Fedora-Hut im Schatten eines Olivenbaumes.

FÜNFZEHNTE POSTKARTE
ABGESTEMPELT AM 12. JULI IN DER PROVINZ MESSINA, ITALIEN

Habe die Vespa verkauft, die konnte ich sowieso nicht nach Stromboli mitnehmen. Mein Telefonakku ist leer. Mein Aufladegerät war im Rucksack.

Hungrig und müde,
Polar

Die Karte zeigt die Insel Stromboli im Abendlicht vom Meer aus gesehen. Der Vulkan spuckt Lava.

SECHZEHNTE POSTKARTE
ABGESTEMPELT AM 16. JULI IN STROMBOLI, PROVINZ MESSINA, ITALIEN

Bin bei einem alten Fischer in Ginostra untergekommen.
Er heißt Enzo. Auf der Insel gibt es zwei Orte und einen
Vulkan dazwischen. In Ginostra wohnen 27 Menschen.
Es blüht prächtige Bougainvillea an Enzos Haus. Sonst ist
hier nicht viel.
Über dem Krater ein Rauchwölkchen.

Ruhig,
Polar

SIEBZEHNTE POSTKARTE
ABGESTEMPELT AM 20. JULI IN DER PROVINZ MESSINA, ITALIEN

Meine Antwort ist: Ja.
Komm her. Und bring den Ring mit.
Ich warte hier auf Dich.

Ganz und gar,
Polar

PS: Enzo ist ein kluger Mann.
PPS: Du findest mich in Ginostra auf Stromboli,
nach Enzo und der Tedesca fragen.

Die Karte zeigt das Dorf Ginostra auf Stromboli. Bougainville blüht.

NaMe.
TiER.
BERUf.

Es klingelt, und dann stehst auf einmal du vor der Tür, nach all den Jahren, und hast Großstadtkleidung an und strahlst und sagst »Hi«.

»Hallo Björn«, sage ich und es hört sich komisch an, falsch irgendwie, weil ich dich früher immer Kuhni nannte, nach deinem Nachnamen, Kuhnert, und jetzt bist du Björn, weil du da stehst, nach fünfzehn Jahren Abwesenheit, und dann noch diese Brille, deine asymmetrische Frisur und deine Tasche, die heißt wie ein Wochentag. Und ich stehe da mit Gummihandschuhen und Abwaschschaum in den Haaren, die ich mir aus dem Gesicht zu streichen versuche. Du grinst und drückst mich an dich. Fest und lang wie ein großer Bruder, machst ein Geräusch wie ein Dinosaurier. Roarrr.

»Kann ich reinkommen?«, fragst du.

»Ja«, sag ich. »Klar.« Drehe mich um, meine Jogginghose rutscht und ich habe unter dem T-Shirt keinen BH an. Unser Wiedersehen hatte ich mir anders vorgestellt.

»Ahh«, machst du und begutachtest die Räume, sagst, dass es gemütlich bei mir sei, dass ich das Haus schön umgestaltet habe, und dass du dich noch erinnerst, wie es hier früher roch.

»Wahnsinn«, sagst du, während du mich musterst, »wie alt warst du, als ich von hier weggegangen bin?«

»Fünfzehn.«

»Und jetzt?«

»Kannst du nicht rechnen, oder was?«

Du hast Champagner mitgebracht, für den ich keine Gläser besitze. Ich mache den Fernseher aus und den Abwasch fertig. Du legst die Flasche in den Kühlschrank und trocknest ab, ohne zu fragen. Das ist gut, dass wir erst mal nicht reden müssen. Du siehst mich immer wieder an, davon werde ich rot, saugst alles auf, jede Regung, jedes Möbelstück, ich komme mir provinziell vor. Dein Blick ist ein Museumsbesucherblick: Ich bin eine Hiergebliebene, ein Dinosaurierskelett. Die einzige Schnittmenge: unsere Dorfjugend.

Wir sind fertig, setzen uns rüber in die alte Garnitur mit dem Champagner und nehmen Omas Senfgläser, die du einen schönen Stilbruch nennst, und die jetzt meine sind, wie auch das Haus jetzt meins ist, weil es im Testament so stand. Ob du Hunger hast, will ich wissen, du nickst und sagst, dass eine Stulle reiche, und ich schmiere dir eine, während du umständlich die Flasche öffnest, kein lauter Knall, nur ein *Pffft*, und uns einschenkst.

»Ist gutes Brot«, sage ich, »und guter Käse, beides ausm Laden.« Ich meine meinen eigenen Bioladen damit.

»Mhm«, machst du, weil deine Eltern dir vielleicht erzählt haben, dass ich einen Laden habe, denn du fragst nicht nach. »Prost.«

Der Champagner, den du nicht spendierst, weil wir uns wiedersehen, sondern weil du einen Preis gewonnen hast als Journalist, einen Großstadtpreis, schmeckt hart gegen Zunge und Gaumen, britzelt bis in meine Augen, ein Bier wäre mir lieber, aber ich mache trotzdem ein Genießergesicht. Mit einem Knack ist die Gewürzgurke entzwei, und du fragst kauend, wie es mir geht. »Gut«, sage ich viel zu schnell, weil mich die Frage überfordert, und werfe ein »Und dir?« zurück.

Aus deinem Mund, der von einem Dreißigtagegroßstadtbart eingerahmt ist, prasseln zwischen den einzelnen Bissen eine Menge Worte in meinen Dorfkopf und ich sage aus Versehen, dass ich froh bin, dich zu sehen. Keine Ahnung, warum ich das gesagt habe. War gelogen.

Du lächelst und schenkst dir nach.
»Du hast es geschafft«, sage ich. »Bist raus aus dem Mief und rein in die Welt. Ich stinke immer noch nach Hof. Ich komm hier nicht mehr weg.«
»Ich dachte, das wolltest du nie.«
»Meine Eltern haben Land verkauft und umgestellt. Bio. Weniger Kühe, dafür auch Käse, Butter und Gemüse. Ich mach den Laden im Dorfzentrum.«
»Ja. Hat meine Mutter mir erzählt.«
Ein kleines Schweigen.
»Willst du auch noch einen Schluck?«

Früher waren wir unzertrennlich. Du, meine Schwester Monica und ich. Schon als Kind war ich unsterblich in dich verliebt. Aber ihr wart in einer Klasse und ich drei Jahre jünger. Früher hatten wir eine Fingerzeichensprache, Ferngläser und Wäscheleinen zwischen unseren Fenstern. Mit Zaubertinte aus Zitronensaft wurden Nachrichten geschrieben, die Geheimbotschaften dann mit Wäscheklammern an den Leinen befestigt und von Fenster zu Fenster gezerrt. Als Monica Brüste bekam und du einen Bart, trennten uns auf einmal Welten, auf meine Geheimbotschaften kamen keine Antworten mehr. Und als du dann eines sonntagnachmittags Monica nebenan zwischen ihren Kuscheltieren entjungfert hast, habe ich meine Anlage auf ganz laut gestellt und mir gewünscht, ich wäre tot.

Am nächsten Tag bin ich trotzdem mit euch an den See zum Baden. Meinen Badeanzug hatte ich an entscheidenden Stellen mit Klopapier ausgestopft, was euch gar nicht auffiel, weil sich eure Köpfe permanent ineinander verkeilten. Während eines Solotauchganges habe ich die vollgesogene Haklefeuchtbrust aus dem Badeanzug gezerrt und schwerelos im Wasser treiben lassen.

»Warum bist du hiergeblieben?«
»Wegen Monica.«
Es war vielleicht drei Wochen, bevor dein Zivildienst anfing, als Thees den Wagen seiner Eltern um einen Alleebaum gewickelt hat mit meiner Schwester drin. Dann war sie tot, du gingst alten Leuten den Arsch abwischen und ich flog von der Schule. Ist doch klar, dass ich blieb. Weil ich übrig war und meine Eltern so tief in ihre Trauer versunken. Das war aber nicht alles. Es gab noch einen Grund.

»Verstehe.«
Du verstehst gar nichts. Ihr Sarg war keinen Tag unter der Erde, da lagen wir im Heu. Ich war taub und entsetzlich einsam, und irgendetwas in mir war krumm wie ein Säbel. Ich fühlte das drohende Doppelverlassensein und versuchte die Zeit anzuhalten. Wir lagen Löffelchen und irgendwann waren deine Hände an meinen Brüsten, deine Tränen in meinem Nacken und dein steifer Schwanz rieb an meinem Po. Du schobst mein Kleid hoch und meine Unterhose runter und ich wusste, dass jetzt etwas kommt, das noch nie da war. Ich hab mir währenddessen in den Arm gebissen, nicht wegen der Schmerzen, die hätte ich ertragen, sondern, weil ich nicht Moni war. Du bist von mir runter, raus aus der Scheune und raus aus meinem Leben.

Deine Hand liegt hinter meiner Schulter auf der Couchlehne, mir ist unwohl deswegen. Ich beuge mich zur Flasche, aber du willst höflich sein, kommst mir zuvor, und unsere Oberkörper berühren sich. Du nimmst die Flasche wie ein Kellner in die Hand, schenkst mir den letzten Schluck ein und sagst: »Ist noch Champagner im Weinkeller?« Haha. Großstadtwitz.

»Ich fürchte, der Jahrgang ist aus«, sage ich, »aber im Eisfach ist Wodka.«

»Bleib sitzen!«, sagst du, gehst in die Küche, was ich unangemessen finde, wer bist du denn, dass du denkst, du dürftest in meinem Gefrierfach stöbern, und kommst selbstsicher mit der Beute zurück. »Noch halb voll«, sagst du und tänzelst durchs Wohnzimmer. Ich muss an einen Marder denken. Vielleicht wegen der hautengen Jeans oder weil dein ganzer Körper so lang und dünn und verbogen ist und in deinem Mund so viele kleine spitze Zähne blitzen. Wie geschickt und geschwind du dich hier ausbreitest, als wäre das alles deins.

»Ich war verknallt in dich«, sage ich nach dem zweiten Wodka.
»Echt?«, fragst du und kommst etwas näher.
»Echt«, sag ich. »Richtig derbe verknallt.«
»Wieso hast du mir das nie gesagt?«
»Ich sag's dir jetzt. Hab damals sogar deinen Müll durchsucht.«
»What?«
»Den Müll. Von euch. Aus eurer Tonne.«
»Was? Du spinnst doch.«
»Nee.«
»Und was hast du da gefunden?«
»Abfall. Von dir.«
»Igitt.«

»Ja.«
Dritter Wodka für uns beide.
»Aber warum...?«
»Wollte dir nah sein, schätz ich.«
»Verrückte Nudel«, sagst du und schüttelst den Kopf, jetzt drehe ich mich zu dir hin, du legst einen Arm um mich, und ich meinen Kopf auf deine Brust im Karohemd.

Ich erzähle dir nicht von der Sammlung in meinem Keller. Drei Umzugskartons stehen da, mit Ordnern gefüllt. In Plastikhüllen gehefteter Müll von dir. Mit Datum meines Fundes und einer kleinen Notiz: 25.06.1991 *Joghurtdeckel. Kuhni hat zum Frühstück Müller Joghurt Knusperflakes gegessen und den Aludeckel abgeleckt.* Oder: 27.12.2002 *Verpackung von einem Marzipanbrot. Kuhni war über Weihnachten zu Hause und hatte ein Marzipanbrot unterm Baum. Gegessen hat er's im Bett beim Lesen.*
Ich erzähle dir nicht, dass ich sogar bis in die Stadt gefahren bin, in der du studiertest, um nachts deinen WG-Müll zu durchstöbern, aber nicht herausfinden konnte, was aus der riesigen Großstadtmülltonne von dir war. So beschränkten sich meine Beobachtungen und Sammlungen auf die Zeit der seltenen Besuche, die du deinen Eltern abstattetest.

»Du bist wirklich verrückt«, sagst du und vergräbst deinen Mund in meinen Haaren.
»Mir ist heiß.«
»Komm, wir gehen raus. Drehen eine kleine Runde.«
»Ja, gut.«

Wir lösen uns wodkaschwer voneinander und vom Sofa, ziehen uns Jacken über und Schuhe an, du lässt deine Tasche liegen, als wolltest du mir signalisieren, dass wir gemeinsam wieder herkommen werden. Ob ich nicht abschließen will, fragst du mich, als wir das Haus verlassen. Wie viel du verlernt hast. Hier kommt doch keiner.
»Mein Laptop ist in meiner Tasche.«
Ich lege meinen Kopf schief. Was bist denn du auf einmal für ein Schisser.
»Na gut«, sag ich und hole meinen Schlüsselbund und auch die Wodkaflasche.

Es ist nicht warm und nicht kalt, es ist mitten im Mai, die Luft voller Tagesreste und noch ist letztes Licht am Himmel. Wir laufen die Hauptstraße entlang. Richtung Zentrum. Du lachst über *Zentrum* und sagst, dass alles so klein ist, viel kleiner noch als in deinen Kindheitserinnerungen. Herrlich findest du Luft und Stille, dabei ist es gar nicht still, und es stinkt nach Land. In den Häuseraugen sind Lichter an. Die meisten haben aber die Jalousien im Wohnzimmer runter. Hocken alle vor der Glotze. Würde ich ja auch, wenn du nicht geklingelt hättest.

»Warum bist du heute gekommen?«
»Wollte dich mal wiedersehen.«
»Einfach so?«
»Ja.«
»Mitten im Jahr.«
»Ja.«
»Mitten in der Woche.«
»Ja!«
»Erzähl keine Scheiße.«

»Mir war danach. Ok?«
»Warum war dir in den letzten fünfzehn Jahren nie danach?«

Ich nicke Kerstins Mutter zu, die uns halb hinter der Gardine stehend beobachtet, und erkläre dir, dass die Wennigers jetzt angebaut haben, weil Kerstin geheiratet hat und jetzt mit dem Mann, einem aus dem Internet, aus einer Singlebörse, sage ich hinter vorgehaltener Hand und mache damit das Dorf nach, und du lachst, mit diesem Internetmann also und ihren drei Kindern mehr Platz braucht.

Wir stehen da und schauen auf den Wenniger-Hof und saufen die Wodka-Flasche leer. Das wissen morgen alle im Dorf, dass wir hier gestanden und Schnaps aus der Flasche getrunken haben, das ist uns klar.
»Schlecht fürs Geschäft«, meinst du.
»Mir egal«, sag ich, »die reden auch so schon. Noch nicht verheiratet in meinem Alter und so…«
»Haijaijai«, machst du und fasst mir mit einer Hand unters Kinn, »so ein hübsches Ding und noch nicht unter der Haube.«
Wir winken aus der Entfernung Kerstins Mutter hinter der Gardine zu, bis auch dieser Rollladen zum Hausaugenlid wird, das sich müde schließt.

»Da ist mein Laden«, sage ich, als wir im Zentrum bei der alten Linde angekommen sind. »Willst du mal rein?«
»Ja, klar«, sagst du, und ich bin ein bisschen stolz.
Ich schließe auf, die Glocke über der Tür klingelt, ich mache Licht.
»So. Was darfs denn sein?«
»Eine Flasche Schampus, bitte.«
»Das macht sieben neunundneunzig.«

»Acht Euro für ne Pulle Sekt?«
»Ist Demeter, du Spacken.«
»Ach so, na dann...«, du fummelst nach deinem Portemonnaie.
»Lass gut sein.«
»Nein, ich besteh darauf.«
»Steck dein Geld weg.«
Du bedankst dich, machst die Flasche auf, wir gehen wieder raus zur Linde und setzen uns auf die Bank.

»Das könnte ich nicht.«
»Was?«
»Deinen Job machen. Die Leute hier bedienen. Tratschen. Dieser ganze Dorfkack. Ich meine, wie groß ist denn bitte dein Radius? Vom Haus bis zum Laden?«
»Jetzt tu nicht so, als ob dein Job besser wäre. Du hast früher in der Scheiße der Kühe gewühlt und wühlst heute in der Scheiße der Leute. Ist immer noch dasselbe. Du bist immer noch der Kuhni, der den Stall ausmistet. Mir egal, ob du dich Journalist nennst. Du schaufelst Scheiße.«
Ich habe alle deine Artikel gelesen, alles, was ich im Internet finden konnte. Habe die Tageszeitung abonniert, für die du seit ein paar Jahren schreibst. Ich weiß, in welchem Dreck du gewühlt hast.
»Ich glaube, du bist hergekommen, um deinen verfickten Preis zu feiern und uns zu zeigen, wie provinziell wir alle sind, und wie geil du bist, weil du es zu etwas gebracht hast.«
»So'n Scheiß!«
»Warst du mal bei ihrem Grab?«
Du schweigst eine Zeit lang.
»Nein. Es ging nicht.«
»Und am Baum?«

»Auch nicht.«
»Dann gehen wir jetzt«, sage ich und weiß, dass du mir folgen wirst, weil du es musst, weil ich den Schlüssel habe und weil deine Wochentag-Tasche in meinem Haus ist, mit deinem Journalistenlaptop darin.
»Was soll das?«
»Komm mit. Nur rüber zum Friedhof. Das schuldest du ihr.«

Die kleine Kirche ist beleuchtet und der Friedhof steht in Blüte. Flieder. Kastanien. Goldregen. Man riecht sie schon von weitem. Das Eisentor ist bereits abgeschlossen und wir springen, wie früher, an einer verdeckten Stelle über die kleine Mauer, landen in der Gärtnereiecke, ich nehme deine Hand. Geradeaus, zweimal links, einmal rechts, dann sind wir da.
Sie wurde dem Leben viel zu früh entrissen. Mehr steht nicht auf dem Stein. Kein Name, kein Geburtstag, kein Todestag. Und du hast auf einmal Eulenaugen, in denen sich Seen sammeln.
»Scheiße«, sagst du, schaust vom Grab zu mir zum Grab.
»Guck mal, wer hier ist, Moni«, sage ich, suche einen kleinen Stein vom Boden und lege ihn aufs Grab, das ein Doppelgrab ist, was außer mir keiner weiß.
»Das mache ich jedes Mal und irgendwer fegt meine Steinchen immer wieder runter.«
Du machst es mir nach, legst dein Steinchen ab und setzt ein Andachtsgesicht auf. Dann nehme ich die Flasche, trinke einen kräftigen Schluck für mich und dann einen für Moni, lasse langsam den Sekt aufs Grab laufen.
»Prost, Moni.«
»Kommst du oft her?«

Ich habe letztes Wochenende Vergissmeinnicht aufs Grab gepflanzt. Meine Mutter Fuchsien. Die hätte Moni nicht gut gefunden. *Spießerblumen* hätte sie gesagt.
Moni hätte auch nicht gut gefunden, dass ich das Baby zu ihr ins Grab gelegt habe. Kleines namenloses Würmchen. Aber so ist es wenigstens nicht allein.

»Es tut mir leid«, sagst du, und irgendwie kommt das fünfzehn Jahre zu spät. Ich nehme Anlauf und sage:
»Da liegt auch dein Baby.«
»Was?«
»Habs da mit reingelegt, als ich's verlor«, sage ich und zeige auf die Stelle.
»Was? Was für ein Baby?«
»Du hattest mich geschwängert.«
»Was? Wann? Was?«
»In der Scheune, Kuhni. Hat deine Mutter es dir nicht gesagt?«
»Was?«

Ich forsche in deinem Gesicht. Du scheinst wirklich nichts gewusst zu haben. »Von ihr hatte ich die Adresse deines Zivi-Wohnheims. Ich wollte es dir sagen. Ich war ja erst fünfzehn. Ich wollte es behalten.«
»Waswaswas, was redest du?«, und dann haust du mir eine runter, dass Sterne kreisen und aus meiner Nase Warmes kommt.
»Was!«, sagst du noch mal, du Scheißpapagei, und ich hole aus und zack landet meine Hand in deinem Gesicht. Ich will noch einmal, aber du wehrst mich jetzt ab, wir geraten ineinander, wir schlagen und treten nach uns, ringen am Boden und bleiben Minuten später erschöpft und verschmiert auf dem Friedhofsweg liegen. Hand in Hand und heulend.

Und dann, als alles still wird in mir, als der Augenblick sich in seiner tiefsten Bedeutung vor mir auffächert, finde ich Frieden. Jetzt erst, wo ich nichts mehr will und vor nichts mehr Angst habe, erzähle ich dir davon, wie es war, als ich entdeckte, dass ich von dir schwanger war. Wie ich in Panik auf der Toilette das Testergebnis vom Schwangerschaftstest erwartete, den ich mir am Tag zuvor in der Kreisstadt gekauft hatte, anstatt zur Schule zu gehen. Wie ich an drei Apotheken vorbeigelaufen bin, bis ich mich traute, in eine reinzugehen. Wie ich die Packung dann rasch in meiner Jackentasche vergrub. Wie ich am Abend im Bett immer wieder den Beipackzettel studierte und ausrechnete, dass ich schon dreieinhalb Wochen drüber war. Und wie mir die Knie wegsackten, als dann da nicht ein, sondern zwei Streifen in dem Sichtfenster angezeigt wurden. Wie mir eines, trotz allem, sofort klar war: Dass ich dieses Kind bekommen würde. Wegen dir. Ich erzähle dir, wie die Wochen vergingen, in denen ich die Schule schwänzte und die eigenen Eltern mit Trauer um das tote andere Kind so voll waren, dass sie gar nichts bemerkten. Ich es ihnen auch nicht sagen konnte. Wie ich im vierten Monat, man sah schon ein kleines Bäuchlein, rüber zu deiner Mutter bin und es ihr gesagt habe, weil ich deine Adresse wollte, weil ich es dir sagenzeigengreifbarmachen wollte. Ich erzähle dir, wie deine Mutter mich nach dem Monat gefragt hat, ob meine Eltern es wüssten und ich schon beim Arzt gewesen sei und ob ich es wegmachen lassen wolle. Wie sie mir deine Adresse erst nicht geben wollte, es dann doch getan hat, als ich sie belog und sagte, dass ich erst im dritten Monat sei und ihr versprach, es bei dir in der Stadt wegmachen zu lassen. Wie deine Mutter mir Geld gab, zweihundert Mark, *für den Eingriff*, und ich dann mit dem Zug in die Stadt gefahren bin, dein Zivi-Wohnheim gefunden habe und dort gesehen habe, wie du mit einem Mädchen aus der Tür kamst, ganz verliebt, dabei hatte ich dein Baby im Bauch, und ihr dann in einem Café gemeinsam Kuchen gegessen habt und rumgeturtelt, und dass ich euch beobachtet habe und ob du dich daran erinnerst, denn du hast mich ja gesehen da in dem Café und dann hast du weggeschaut, als gäbe es mich nicht, oder als würdest du mich gar nicht kennen. Ich erzähle dir, dass kurz darauf, als ich ziellos durch die fremde Stadt lief, die Krämpfe einsetzten. Dass das Wehen waren. Wie ich dann später auf dem Bahnhofsklo das Kind verlor und den faustgroßen Embryo aus der Kloschüssel genommen und in meine Brotdose gelegt habe, in der vorher noch ein halber Apfel lag. Da im Klo, da konnte ich's doch nicht einfach lassen. Dass ich schlimm geblutet habe. So schlimm, dass ich ein T-Shirt als Binde benutzt habe. Dass die Toilette danach furchtbar ausgesehen hat. Dass ich dann mit der Brotdose in meinem Rucksack zurück nach Hause gefahren bin. Dass meine Eltern nicht mal bemerkt hatten, dass ich weg war. Und dass ich heimlich in der nächsten Nacht auf diesem Friedhof hier neben uns und über Monis Sarg ein Loch gebuddelt habe und wie schwierig das war, weil der Boden schon Frost hatte, es war ja November und eine Schweinearbeit, da ich nur eine kleine Gärtnerschaufel als Werkzeug mitgenommen hatte, so dass ich Blasen in den Handinnenflächen vom Graben bekam. Ich erzähle dir, wie ich das Kleine in die Hände genommen und zu Moni gelegt habe, wie weh mir war, aber dass es dafür keinen Ort in mir gab. Und dass ich danach wochenlang mit Schmerzen zu kämpfen hatte. Und von der Schule flog.

»Komm her«, sagst du, nimmst mich in den Arm, und ich

weiß, dass du morgen wieder fahren wirst in deine Großstadt zu deiner Frau und deinen Kindern, die du inzwischen hast.

Und ich weiß auch, dass ich die Umzugskartons beim nächsten Sperrmülltermin aus dem Keller holen und an den Straßenrand stellen werde. Und dass da jetzt ein Ort in mir ist.

WiR hABEN RaKETEN GEANGELT

1

Du hast mir den Siegelring von deinem Nazigroßvater mit der Bitte in die Hand gedrückt, ihn ins Meer zu werfen. Oder in irgendein Wasser. Weil du es nicht konntest. Da hab ich gesagt: *Das mach ich nicht, ist ja nicht mein Arschlochverwandter, ich hab selber Leichen im Keller, der is voll, da passen deine nicht auch noch mit rein.*
Hab den Ring in meine Gruselkiste zur Plastikspinne und anderen Schlimmigkeiten gelegt und ihn für dich aufbewahrt. Da liegt er heute noch. Ist ein zweiter dazugekommen.

2

Obwohl wir Namen haben, sogar ganz normale, also keine ultradoofen wie Babsi und Horst oder so, benutzen wir sie miteinander nicht. Wir haben Kosedinger. Du sagst *Krassiwaja*. Ich *Libero*. Libero, weil ich dich frei denke. Und nicht an Fußball und irgendwelche Verteidigungen, wie du immer behauptest. Ich denke dich italienisch, obwohl du halber Rumäne bist. Italienisch und frei, als Partisane im Gebirge oder so was. Wir brechen manchmal auf dem Grat ein Brot und Käse, ohne das Messer zu benutzen, und schmeißen uns vor den Wolken in Deckung. Hinter uns explodiert's. Die kriegen uns nicht. In tausend Jahren nicht.
Krassiwaja, wegen, keine Ahnung warum. Weil ich den Kopf im Weltraum hab und die Füße nur gerade eben noch am Boden. Mein Blick immer schwerelos.
Ich wollte Kosmonautin werden und kenne mich mit Fallschirmen aus, da meine Flügel irgendwann unterwegs mal

abgebrochen sind. Ich muss damals so zwischen elf und zwölf gewesen sein.

3

Als wir beim Wandern, vom Regen durchnässt, mitten im Wald eine Höhle fanden, es wurde bald dunkel, uns war kalt und die nächste Herberge war noch 15 Kilometer weit weg, schlug ich vor, in dieser Höhle zu übernachten. Und du sagtest: *Nein*, weil du Angst hattest, einen schlafenden Bären darin zu finden. Da wünschte ich mir, du wärst mutiger, wie ein Krieger, ein Cowboy, ein Indianer, der meine eigene Angst mit Pfeilen zerschossen hätte. So musste ich voran und mit dem Bären kämpfen, bis du zwischen Stalagmiten und Stalaktiten auf matschigem Höhlengrund eingeschlafen bist.

4

Wir bombardieren mit Boulekugeln jeden Freitag im Sommer zwischen siebzehn und zwanzig Uhr dreißig den Park.

5

Wenn wir mit unseren Herrenrädern an *Sugar*, der schönsten Nutte vom Straßenstrich, vorbeikommen, halten wir mit quietschenden Bremsen an, und fragen sie nach ihrem Hühnerauge. Das hat sie bekommen von den roten Plateaus und es quält sie seit Wochen. *Sugar* ist wunderschön. Sie heißt eigentlich Satwan und war einmal ein Mann. Heute hat sie eine designte Klitoris von einem Starchirurgen aus Bangkok und macht den besten Blowjob der Stadt. Behauptet sie. Wir glauben ihr und wollen keine Beweise.

6

Zigeunerjunge, sagte dein siegelringloser Großvater und meinte dich damit. Wir häkeln die schönsten Heldengirlanden um das Foto von deinem Vater, über den keiner spricht. Wir denken uns aus, dass er zur See fährt, seitdem er deine Mutter verlassen hat. Und sich nicht, wie sie behauptet, im Wald an einen Baum gehängt hat. *Ein Grab, ein Grab, was ist schon ein Grab. Ein Name auf einem Stein, mehr nicht.* Wir trinken auf sein Wohl und deine Wurzeln und schmeißen Gläser an Wände, bis dein Mitbewohner brüllt, dass wir Arschlöcher sind. *Dreckshure,* sagte dein Naziopa zu seiner eigenen Tochter. Da hast du ausgeholt, gezielt, getroffen und am nächsten Tag das Dorf verlassen. Dafür habe ich dir im Nachhinein eine Ehrenurkunde gebastelt und einen Freischwimmer auf dein rotes T-Shirt gestickt.

7

Gleich am ersten Tag hatte ich dir gesagt, du sollst dich nicht in mich verlieben. Und als du's doch getan hast, hab ich dir eine Ohrfeige verpasst.

8

Wir hatten ausgerechnet, dass es mit deiner Vespa 21,3 Tage dauert bis zum Schwarzen Meer. Wenn wir langsam fahren. Wir haben 43 Tage gebraucht und sind Bauchschläfer geworden. In Ungarn gab es den Streit, und ich wäre fast wieder umgekehrt. Aber dann war Vollmond und Donau, und du kamst mit den Musikern an: *Mesečina, Mesečina* und da konnte ich nicht mehr und bin dir um den Hals.

9
Mixtape

Seite A (Deine Seite)
Françoise Hardy / »Oh, Oh Chéri«
Ernst Busch / »Heimlicher Aufmarsch«
Bregović / »Mesečina« und »Edelezi«
Jacques Brel / »Ne me quitte pas«
Danzig / »Mother«
D. A. D. / »Sleeping my day away«
The The / »Love is stronger than Death«

Deine Zickzack-Choreografie machte mich schwindelig.

Seite B (Meine Seite)
Nouvelle Vague / »This is not a Lovesong«
Kim Wilde / »Cambodia«
Dead Kennedys / »Holiday in Cambodia«
Lard / »They're coming to take me away (haha)«
Fugazi / »Waiting Room«
Pixies / »Debaser«
The Notwist / »Moron«
Nouvelle Vague / »Too drunk to Fuck«

10
Wann heiratet ihr endlich?
Fragen die einen.
Warum seid ihr eigentlich kein Paar?
Fragen die anderen.

11

Wir tranken eine Flasche *Jameson* zu zweit und schimpften auf die Welt. Dann setztest du dich ans Schlagzeug, ich griff mir das Mikrofon und sang mit Perücke und Sonnenbrille erst für dich zu deinem Beat und dann in die Videokamera, bis ich mich mit dem Mikrokabel verhedderte und samt Kamera auf dem Boden landete, wo ich aus dem Lachen nicht mehr herausfand. Als ich am nächsten Morgen die Aufnahmen ansah, bemerkte ich, dass wir uns geküsst hatten, bevor ich eingeschlafen war und bevor du auf Stop gedrückt hattest.

12

Telefonat:
Ring. Ring. Ring. Ring. Ring. Ring.

Du, völlig knatschig:
»Ja?«
Ich:
»Ich bins.«
»Mmm.«
»Liegst du noch im Bett?«
5 Sekunden später du wieder:
»Scheiße. Wie spät?«
»Sag nicht, dass du noch im Bett liegst.«
»Warum nicht?«
»Weil es verdammt noch mal halb vier nachmittags ist. Darum.«
»Fuck. Echt?«
»Ja.«
»Oh. Shit.«
Zigarettenanzündgeräusche von dir.

»Termin verpennt?«
»Jep.«
»Was Wichtiges?«
»Jep.«
»Wann bist du denn heut Nacht eigentlich abgehaun?«
»Weiß nich, irgendwann heut Morgen.«
Du rauchst, ich hör dir zu, dann ich:
»Kann ich mir dein Fahrrad leihen? Meins ist geklaut.«
»Komm vorbei.«
»Wir haben uns geküsst gestern.«
»Jep.«
»War es gut? Ich kann mich nämlich nicht erinnern.«
»Du warst spitze, Baby.«
»Arschloch.«
»Bis gleich.«

13

Mein Geburtstag ist immer im Winter. Jedes Jahr. Das find ich nicht gut. Weil ich mir stets ein großes Fest mit allen Freunden im Park wünsche oder an einem See mit Feuer und draußen schlafen und allem. Letztes Jahr im Sommer hast du bei mir geklingelt, mich zum Baden überredet und mich auf die Vespa geschnallt. Vom Parkplatz bis zum Ufer hattest du mich über deiner Schulter und ich sang ein Kinderlied. Als dann da eine Festtafel am See stand, an der unsere Freunde saßen und alle *Happy Birthday* für mich sagen, wusste ich, dass du verrückt bist, und bin weggerannt. Was für ein Glück, dass du schneller bist als ich.

14

Wir streiten nur an unserer Streitmaschine, einer alten Olympia, und die Regeln gehen so:

Immer nur eine Person zur selben Zeit an der Tastatur.
Es darf nur geschrieben und nicht gesprochen werden.
Immer nur ein Satz, dann ist wieder der andere dran.

Die Streitprotokolle werden in Ordnern abgeheftet, die mit Jahreszahlen versehen sind.

15

»Hände hoch!«, rief ich, als ich das Café überfallen habe, in dem du hinterm Tresen gearbeitet hast. Meine Agentenwasserpistole streng auf dich gerichtet. Du sahst deinen Chef an, der längst alle Finger in der Luft hatte, dann hast du gegrinst, das Handtuch hingelegt und langsam, verflucht langsam deine Hände in die Höhe gestreckt. »Das ist eine Entführung!«, sagte ich zu deinem Chef und zwinkerte ihm zu, fing deinen wirren Blick, drückte ab, traf deine Stirn und befahl dir, hinterm Tresen vorzukommen. Draußen verband ich dir die Augen, setzte dir einen Walkman auf und drehte dich vorm Café ein paar Mal im Kreis, damit du die Orientierung verlierst. Ich entführte dich im Zickzack zum Bahnhof und mit dem Zug dann ans Meer, wo wir am Abend ankamen.

16

Weihnachten mit deiner Mutter. Dein Opa war schon unter der Erde und deine Mutter einsam, also luden wir sie ein, mit uns zu feiern. Heiligabend bei dir mit Gans und Rotkohl und Knödeln und Tanne und Wein und Singen. Erster Weihnachtstag bei mir auf der Couch mit Resten vom Vortag,

Keksen und *Der Pate I–III*. Am nächsten Tag hab ich euch gelassen und mich alleine einsam gefühlt.

17

Halb erfroren standen wir auf der Brücke über den S-Bahn-Gleisen. Deine alte Anglerausrüstung in den Händen. Jeder eine Angel. Der Himmel war längst wieder abgekühlt vom großen Geballer, da haben wir Raketen in leere Flaschen gesteckt und unsere Anglersehnen an das hölzerne Ende der Flugkörper befestigt. *Commencing countdown, engines on.* Synchron hielten wir die Feuerzeuge an die Lunten. Rasch die Angeln in die Hände. Drei. Zwei. Eins. Fauchend sausten die Raketen, von Sehnen gebändigt, mühsam in den Himmel und explodierten über unseren Köpfen. Wir haben Raketen geangelt. Das war letztes Silvester.

18

Die *Warum-ich-nicht-mit-Dir-zusammen-sein-kann* Top 10:
1. Du besitzt nur ein einziges Buch
2. Das Buch trägt den Titel »Excel for Dummies«
3. Du trinkst immer
4. Du riechst nach meinem Vater
5. Du hast keine Ziele
6. Alle deine Socken haben Löcher
7. Immer lässt du Verschlüsse offen
8. Du gehst nicht wählen
9. Deine Küsse schmecken nach Asche
10. Du wirst mich verlassen

19
Gestern hat deine Mutter angerufen. Aus dem Krankenhaus. Mit deinem Handy. Ich dachte, du seiest es und habe mich mit *Wo bleibst du denn, Idiot?* gemeldet, woraufhin deine Mutter anfing zu weinen.
Sie sagte, sie habe einen Brief für mich und dass du im Krankenhaus seist mit ausgepumptem Magen, auf der Intensivstation, und dass dein Mitbewohner dich gefunden habe. Da wusste ich, warum du am Morgen nicht zum verabredeten Treffpunkt gekommen warst und bin hin zu dir.

20
Tausend Schläuche in deinem Körper. Monitore. Piepen. Hydraulisches. Du im Koma. Der diensthabende Chefarzt hat mir gesagt, dass du dich mit Tabletten vergiftet habest. Deine Atmung habe ausgesetzt, dein Gehirn sei mehrere Minuten ohne Sauerstoff gewesen, weshalb du jetzt im Koma liegen, künstlich beatmet und künstlich ernährt werden würdest. Ob du je wieder normal werden würdest, sei die Frage. Die Wahrscheinlichkeit gering. Er gab mir folgende Aufgaben:
– Sprechen Sie in ruhigem vertrautem Tonfall mit ihm.
– Erzählen Sie schöne Dinge.
– Muntern Sie ihn auf.
– Berühren Sie sanft seine Haut.
– Erwähnen Sie vertraute Namen und Situationen.
Das soll bewirken, so der Chefarzt, dass du dich für das Leben entscheidest und vielleicht zurückkehrst, wenn auch nicht so wie früher, aber es könne durchaus sein, dass du nach intensiver Reha, wenn auch mit geistiger Behinderung und im Rollstuhl, doch noch einige schöne Jahre erleben könntest.
Ich habe deine Hand und deinen Arm gestreichelt. An den Stellen, wo ich an die Haut rankam, zwischen den Kanülen

und Verbänden. Ich habe dir Erinnerungen aufgetischt, mit ruhigem Tonfall, habe dir vorgesungen, dir ein Märchen erfunden und dich dann etwa eine Stunde lang beschimpft. Den ungelesenen Brief habe ich mit nach Hause genommen.

21
Dein Abschiedsbrief:
Krassiwaja,
es tut mir leid.
Libero

22
Du feiges Arschloch.
Es reicht jetzt.

23
Heute ist Freitag.
Wer bombardiert mit mir heute den Park?
Und nächste Woche?
Und danach?
Ich kenne mittlerweile die Namen aller Schwestern.

24
Ich weiß jetzt, was das Puppenkopf-Phänomen ist. Und wo ein Stammhirn liegt. Du bist nicht zurückgekehrt. Deine Mutter wollte ein Grab in der Nähe. Ich hab gesagt: *Seebestattung, der gehört ins Meer!* und ihr wars dann egal. Dein Herz hat man verpflanzt, weil du so einen Ausweis hattest.
Den Gedanken ertrag ich kaum: Dass da jetzt einer rumläuft mit einem Liberoherz.

25

Die Seebestattung war fürn Po. Gemeinsam hätten wir uns schlapp gelacht über deine kotzende Mutter und den leiernden Pastor an Bord. Aber ich stand alleine da und dachte, wie banal alles ist. Mir war elend, weil ich meinte, irgendetwas Feierliches müsste geschehen. *Plumps* machte die Urne und mein Mund wurde schief.
Fühle mich amputiert. Könntest du nicht sein wie Jesus und bald wieder auferstehen? An einem Freitag, ja, ich fänd das nur anständig.

26
Zeit ist ein Kaugummi, aus dem der Geschmack entwichen ist.

27
Ich habe alles verkauft, auch das Schlagzeug, verzeih. Deine Vespa läuft tadellos, die nehme ich mit. Deine Handschuhe liegen noch immer unterm Sitz. Morgen kommt der Umzugswagen. Alle fragen: *Warum Flensburg?* Ich zucke mit den Schultern und schweige.

28
Sie heißt Simone Michalski. Es war nicht einfach, das rauszufinden.
Meine Wohnung ist im selben Viertel. Sie geht regelmäßig in einem Bioladen einkaufen. Schnall dich an: Ab nächsten Ersten fang ich da an, als Verkäuferin. Halbtags.

29
Ich gehe jeden Tag am Meer spazieren. Man kann Dänemark sehen. Manchmal fahre ich mit der Vespa rüber, kaufe salzige Lakritze und esse einen Hot Dog mit einer pinkfarbenen Wurst innen drin. Du würdest *Røde Pølser* lieben. An deinem Todestag habe ich nachts ein Licht aufs Wasser gesetzt und das Meer angebrüllt.

30
Ich sehe sie an und suche nach einer Spur. Einem Funken. Das Schlimme ist: Du würdest Simone nicht mögen, da bin ich mir sicher. Seit ein paar Monaten treffen wir uns einmal die Woche. Sie ist eine miserable Boulespielerin. Schach kann sie auch nicht. Sie macht seit neuestem Nordic Walking mit Stöcken und allem. Ein Wunder eigentlich, dass es zu keiner Abstoßreaktion kam.

31
Ich sitze an der Streitmaschine und breche alle Regeln.

FAMiLien PORtRaiTs

#1
Die Henkel der Plastikeinkaufstüten schneiden von der Haltestelle bis zum Haus in meine Handinnenflächen. Meine Fingerspitzen puckern, als ich die Tüten vorm Eingang absetze. Es regnet feinen norddeutschen Sprühregen. Ich ziele auf einen der 40 Klingelknöpfe, drücke ihn drei Mal hintereinander. Ich will, dass er heute runterkommt und mir mit den Tüten hilft. Ich will, dass er rasiert ist, geduscht hat und saubere Klamotten trägt. Ich warte. Warte auf den Summer. Warte auf ein Wort. Auf das Sesam-öffne-dich dieser Hartz 4-Burg. Klingle noch mal und fummle mein Mobiltelefon aus der Jackentasche. Wähle seine Nummer. Er geht nicht ran, macht nicht auf. Hätte große Lust, mich einfach umzudrehen und zurück zur Arbeit zu gehen. Aber vor mir mahnen rotgelbe Tüten mit Lebensmitteln für mehr als eine Woche. So ne Scheiße. Meine Mittagspause ist schon halb rum.
Aus meinem Rucksack hole ich den Schlüsselbund, an dem auch seine beiden Schlüssel klimpern. Ich schließe auf, wuchte die Lebensmitteltüten rein und zum Fahrstuhl, lasse mich in den fünften Stock fahren, schleppe mich den Gang runter bis zur vorletzten Tür, klingle zwei Mal pro forma, weiß aber, dass da jetzt nichts mehr kommen wird, schließe auf und rufe ein lautes *Hallo* in den Gestank. Er muss da sein.
»Hab für dich eingekauft«, sage ich in Richtung der zwei Zimmer und kämpfe mich in die Küche. Mit einer Einkaufstüte stoße ich einige Bierflaschen um, die sich im Flur am Boden angesammelt haben. Auch aus der Küche schlägt mir übler Geruch entgegen. »Hähnchenbrust war im Angebot.

Hab auch deinen Tabak bekommen. Eier, Brot, Wurst, Pizza, ich stell's in den Kühlschrank.« In der Spüle stapelt sich benutztes Geschirr, überall Verpackungsmüll, überall leere Flaschen, der Linoleumboden klebt, ich will gar nicht wissen, von was. Sage: »Hab H-Milch genommen«, denke: *Die kannste im Suff auch draußen stehen lassen.* Sage: »Hab auch Rasierschaum«, denke: *Damit du nicht wie der allerletzte Penner aussiehst.* Sage: »Könntest mal wieder lüften«, denke: *Es stinkt nach Kotze, Kacke, kaltem Rauch, Müll, nach altem Mann und Pisse.* Sage: »Hey, bist du schon wach?«, denke: *Wahrscheinlich sitzt du schon wieder auf dem Sofa und starrst aus dem verfickten Drecksfenster.* Sage: »Papa?«, denke: *Jämmerliches Stück Scheiße.* Keine Antwort. Vielleicht ist er doch unterwegs. Ich gehe rüber ins Wohnzimmer, und schon von der Zimmertür aus sehe ich seine gelben Füße auf dem Sofa. Dann stehe ich vor ihm und kämpfe mit Brechreiz. Er liegt da, halb auf dem Bauch, in seiner Kotze. Liegt mit seinem Gesicht drin, der Mund offen. Er hat sich eingepisst, die dunklen Ränder an den Jeanshosenbeinen verraten es. Auf dem Wohnzimmertisch vorm Sofa reihenweise leere Dosen, Flaschen, Kippen und Asche. Auf dem Boden eine umgefallene Flasche Korn, sie ist fast leer. Es ist ein Bild, das ich kenne, eingerahmt in meine Angst. *Lebt er noch?* mein erster Gedanke. Ich traue mich nicht, ihn anzufassen.

»Papa?«

Ich starre auf seinen Brustkorb, um zu erkennen, ob er sich bewegt, kann aber nichts ausmachen. Kein Heben, kein Senken. Was, wenn er jetzt auf einmal doch tot ist? Was, wenn er's diesmal geschafft hat? In mir brennt alles, und ich sage leise seinen Namen, flüstere ihn fast, und erinnere mich daran, wie Mama ihn ausgesprochen hat, bevor sie ihn für einen anderen verließ, den sie auch schon wieder verlassen hat.

Was, wenn ich sie gleich anrufen muss, und ihr sagen muss, dass er tot ist? Sich wegen ihr totgesoffen hat. Es endlich geschafft hat.

Der Gestank krallt sich in meinen Magen, ich halte mir eine Hand vor Mund und Nase und fühle mit der anderen Hand an seinem Hals nach einer Ader, einem Herzschlag, irgendeinem Lebenszeichen. Und als ich mir sicher bin, dass er es diesmal geschafft hat, dringt aus der Tiefe seines Komas ein Schnarcher und er schließt schmatzend seinen Mund.

Ich sollte es sein, aber ich bin nicht erleichtert. Ich stehe auf, öffne das Fenster. Räume die Flaschen und Dosen in die Küche, wasche ab. Leere die Aschenbecher aus. Ich nehme meinen Rucksack und den Müll, flüstere »Ciao, Papa.«

Im Fahrstuhl denke ich mir eine Ausrede für meinen Chef aus.

#2

Löffeln und Schlürfen. Und wieder. Löffeln und Schlürfen. Löffeln. Und. Schlürfen. Ihre Rücken krumm. Ihre Blicke eingesperrt in Erbsensuppe. Ich schabe im Takt mit. Die Küchenuhr ist unser Metronom. Auf dem Grund ihrer Erbsensuppenseen werden Blumen sichtbar. Die Sonntagsteller habe ich in meiner Kindheit auswendig gelernt. Weißes Porzellan mit grünem Blumenmuster. Heute ist Freitag. Dafür ist Heiligabend. Also quasi Sonntag. Deshalb die Teller. Es ist 12.15 Uhr mittags. Deshalb die Erbsensuppe. Im Grunde ist's völlig egal, ob ich hier sitze oder nicht, es macht definitiv keinen Unterschied. Die sitzen hier auch sonst so und schweigen sich an. Nur mit anderen Tellern.

»Und«, sage ich, »wie geht es euch?«

Mutter blickt mich an. Ihre Augen durchbrechen kurz den Schleier der Routine. Vater löffelt weiter. Sie lässt einen Takt aus. Dann steigt sie wieder ein in den Erbsensuppenkanon.

»Gut«, sagt sie und Vater nickt.
Löffeln und Schlürfen. Tick. Tick. Tick.
»Wie geht es deiner Hüfte?«, frage ich Mutter.
»Geht«, sagt sie, diesmal ohne aufzublicken, und ohne aus dem Takt zu kommen.
Ich schaue Mutter an, und sie kommt mir auf einmal sehr alt vor. Abgearbeitet. In ihrem Gesicht suche ich vergeblich nach den Spuren eines Wunsches oder einer Lust. Pflicht und Gehorsam finde ich. Vaters Teller ist leer und Mutter füllt ihm nach. Sein massiges Wesen breitet sich unter allem aus. Wie seine Pranke den Löffel umgriffen hat. Was für Geräusche er macht. Wie er riecht. Ich scheine ihn nicht zu interessieren, er schaut mich nicht einmal an. Meine Anwesenheit verändert keinen Millimeter seines Welterlebens. Ich rahme Vater und Mutter in das Küchenbild, das immer gleich geblieben ist, unverändert alle Gegenstände, immergleiches Tickticktick, nur sie beide welken von Weihnachten zu Weihnachten dem Tod entgegen.
Ich habe dieses Küchenbild auswendig gelernt, ich habe die Eckbank gelernt, das gestickte Sprüchlein, das kleine Radio auf dem Regal darüber, die Zierteller an der Wand. Ihr Schweigen. Die Küchenuhr. Das Ticken. Die ganze Küche, das Ess-, Wohn-, Schlaf- und das Kinderzimmer, das Haus, den Hof, das Dorf. Die Leichen in den Kellern und die darüber. Löffeln und Schlürfen. Tick. Tick. Tick.
»Na, hast du denn gar keinen Hunger, Junge?«, sagt Mutter und deutet mit ihren Augen auf meinen Teller, der immer noch fast voll ist.
Ich beeile mich, in ihrem Takt mitzulöffeln. Befinde mich auf der Erbsensuppenüberholspur. Den Hausherrn hole ich nicht mehr ein. Er hebt den oberen Tellerrand an und kratzt die Suppenreste zusammen.

Zwischen zwei Suppenlöffeln sage ich es. Ganz schnell.
»Ich bin schwul.«
Jetzt kratzt Mutter.
»Was gibt's heut Abend?«, fragt Vater.
»Gans«, sagt Mutter. Wie jedes Jahr.
»Aha«, sagt Vater, steht auf und verlässt die Küche.

#3
Heute hat sie einen guten Tag. Das kann ich sofort sehen. Ich schließe die Tür hinter mir und setze mich in den Rollstuhl neben ihrem Bett. Sie schläft, ein Lächeln auf den eingefallenen Lippen. Das untere Ende des Bettes ist hochgestellt. Unter der Bettdecke zeichnet sich kindergleich ihr dünner Körper ab. Beine so dick wie meine Oberarme. Ihre runzeligen Hände liegen verloren auf ihrem Oberkörper, der sich rasselnd hebt und senkt. Sie sieht aus wie ein welkes Vögelchen. Man hat ihr den Pullover falsch herum angezogen, an den Ärmeln sind die Nahtwülste sichtbar und am Hals lugt das eingenähte Namensschild hervor mit ihrem Nachnamen darauf.
An der Wand über ihrem Bett hängt ein gesticktes Bild. Ein Spitzweg. Es zeigt einen kranken Mann im Bett liegend.
Ich stehe auf, um eine Vase zu holen. Draußen ist noch nicht einmal der Ansatz von Frühling, aber ich habe gelbe Tulpen mitgebracht. Früher waren das ihre Lieblingsblumen. Ich öffne die Schiebetür des Schranks. Das Zimmer ist klein, viel hat sie nicht mitnehmen dürfen. Den Schrank, den Wohnzimmertisch, einen Sessel und eine Lampe. Ein paar Bilder für die Wände und Kleinkram. Hinter der Schiebetür kommen drei Kristallvasen, sechs Kristallgläser und ein Kristallaschenbecher zum Vorschein. Sie hat nur die guten Sachen mitgenommen. Obwohl sie die ja viel weniger benutzt hat. Für die *festlichen Tage* waren die. Und hier benutzt sie das Kristall ja

auch nicht. Die festlichen Tage sind gezählt. Jetzt nur noch Schnabeltassen.
Ich schiebe den Aschenbecher zur Seite, um an eine Vase zu gelangen, und versuche mir vorzustellen, wie sie heimlich eine raucht. Früher hat sie das manchmal gemacht. *Ernte 23*. Auch noch, als die Krankheit schon da war. Da haben wir manchmal zusammen auf dem Balkon gestanden. Verbündete im Kampf gegen die 50 Joghurts in ihrem Kühlschrank. Gegen verlegte Schlüssel, Portemonnaies und drei nagelneue Bügeleisen im Kleiderschrank. Doch das war nur der Anfang. Da hat sie noch geweint. Da wollte sie noch sterben. Da hat sie sich manchmal so sehr geärgert, dass sie ihren Kopf an die Wand geschlagen hat.

Im Vorraum fülle ich Wasser in die Vase, und als ich damit wieder das Zimmer betrete, hat sie die Augen geöffnet. Unruhig huschen sie an der Decke entlang.
»Na, Mama, hast du gut geschlafen?«, frage ich.
»Jetzt wird's aber mal Zeit, du Pissnelke«, sagt sie, ohne Zähne.
»Wird Zeit, dass die Blumen ins Wasser kommen«, sage ich, stelle die Vase auf den Tisch und die Blumen in die Vase.
»Aber dalli, du blöde Ziege, du …«, sagt sie, blinzelt mich zornig an, verliert sich für einen Bruchteil und knattert weiter: »Verlassen Sie meine Wohnung, sonst muss ich den Wachtmeister holen!«
Sie hat doch keinen guten Tag, denke ich.

#4
»*Erste neue Nachricht. Heute, 03:17 Uhr: Anna, ich bin's, es ist schon spät, ich weiß … Ich kann nicht schlafen. Es ist, also, ich glaube kurz nach drei, und … verdammt, Anna …*«

Mühelos gleitet der Schlüssel ins Schloss. Klack. Klack. Ich zögere einen Moment, dann stoße ich die Tür auf und ihr Parfüm empfängt mich wie eine stürmische Umarmung. Ich lege den Schlüssel auf die Ablage neben der Eingangstür. Dielen knurren unter meinen Schritten, die Wohnung lauert. Ich weiß nicht, wohin zuerst, und gehe in die Richtung, in der ich in einer Altbauwohnung die Küche vermute.

»*Zweite neue Nachricht. Heute, 03:19 Uhr: Anna. Mensch, du hast vielleicht einen guten Schlaf, was? ... Ich wollte nur ... Das, was so klappert, sind meine Zähne. Ich bin unterwegs ... so ne Arschkälte, was ... der Sommer ist auch nicht mehr das, was er mal war.*«

Völlig absurd: Als erstes mache ich den Abwasch. Steht noch alles in der Spüle. Teekanne. Müslischale mit Löffel. Tassen. Gläser. Die Müslireste sind festgetrocknet. Ich weiche die Schale ein. In der Teekanne ist Schimmel. Auf dem Küchentisch steht ein Obstkorb. Naja, Obst. Fruchtfliegen stieben auseinander, als ich die braunen Ex-Bananen wegwerfen will. Ich öffne den Kühlschrank. Darin stehen verwaist fettarme Milch, fettarmer Joghurt, fettarmer Scheibenkäse, Knäckebrot. Mir wird schlecht.

»*... Weißt du noch, wie wir früher im Sommer nachts ins Freibad sind ... Heimlich übern Zaun ... ach, Schwesterherz, das waren Sommer, da wars so warm, dass man nicht schlafen konnte vor Hitze ...*«

So etwas habe ich noch nie gesehen. Im Wohnzimmer kleben an jeder freien Stelle der Wand Zettel mit ihrer Handschrift, die von unterschiedlichen Notizblöcken stammen und unterschiedlich stark vergilbt sind. *Ich bin kein Nebbich,* steht auf einem. *Was ist das Innerste einer Zwiebel?* auf einem anderen. Ich nehme einen Zettel ab und bemerke, dass auf der Rückseite ein Datum notiert ist. 23.05.2002. Sie ist hier doch erst vor kurzem eingezogen.

Dritte neue Nachricht. Heute, 3:31 Uhr: »*Mensch, Scheiße Anna, ich könnt gerade echt deine Stimme als Anker gebrauchen. Weißt du noch, wie ich meine Rosinen immer in deine Müslischale getan habe. Es tut mir leid. Das wollte ich dir die ganze Zeit schon sagen.*«

Ich flüchte ins Schlafzimmer. Werfe ich mich auf ihr gemachtes Bett. Stehe nach einer Weile auf und gehe zur Schrankwand. Reiße sie auf. Designerkleidung. Alles edles Zeug. Seidenstoffe und so. Hängt alles ordentlich auf Bügeln. Unterwäsche liegt penibel gefaltet in Schubladen. Ein halber Schrank voller Schuhe. Die Absätze alle 10 cm und höher. Wer ist diese Frau, die einen solchen Kleiderschrank besitzt? Meine Schwester jedenfalls nicht. Lege mich wieder in ihr Bett.

Vierte neue Nachricht. Heute, 03:42 Uhr: »*Möchte mal wissen, was du gerade träumst.*«

Immer bin ich diejenige gewesen, die auf sie Rücksicht genommen hat. Auf ihre Stimmungen. Ihre Achterbahnfahrten. Immer habe ich hinter ihr aufgeräumt. Schon als Kind. Die Rosinen gegessen, die sie nicht mochte. Ich doch auch nicht. Aber für sie hab ich die dann gegessen. Und jetzt liege ich in ihrer Wohnung, und über meine Trauer schiebt sich ein Wut-Tsunami. Warum hat sie nicht die Festnetznummer angerufen?

Fünfte neue Nachricht. Heute, 3:56 Uhr: »So. Anna.
Schwesterherz. Mach dir keine Sorgen. Ja? Schlaf gut, Süße.«

Mach dir keine Sorgen. Sie hat die Brücke mit dem Handy
noch gefilmt. Sie hat sich davor gefilmt. Hat die *tolle Aussicht*
noch gefilmt. Den Sonnenaufgang. Und sie hat ganz ruhig
dabei gewirkt. Gelöst. Das Handy war in so einer Karbon-
Schutzhülle. Es hat den Fall überlebt, sie nicht. Eine ältere
Frau, die früh mit ihrem Hund Gassi ging, hat sie gefunden
und die Polizei gerufen. Und die Polizei hat's mir dann gesagt, als ich ihr Handy anrief, nachdem ich ihre Nachrichten
abgehört hatte. Das ist jetzt über einen Monat her. Was ist
ein Nebbich?

#5
Was für ein Mädchen bist du, das keinen BH trägt und sich
die Achseln nicht rasiert. Das den Käse ohne das Brot isst
und nach acht Uhr noch im Bett liegt und den Tag vergam-
melt. Was für ein Mädchen bist du, das keinen Mann hat und
keinen Ring am Finger. In deinem Alter. Noch immer nicht.
Das die Fenster nicht putzt, das Bügeleisen nicht nutzt, den
nackten Glühbirnen keinen Schirm zuweist. Was für ein
Mädchen bist du, das barfuß über Wiesen läuft, als hätte es
keine Schuhe. Das Wein aus der Flasche trinkt und sich in
fremden Betten schlafen legt. Was für ein Mädchen bist du?
Das nicht nach Rezepten kochen kann, ohne etwas zu ver-
ändern, und die Bauanleitungen in Überraschungseiern als
erstes wegwirft? Das lieber Hosen trägt und sich auf dem
Schulhof prügelt mit den Jungs. Das tausend Kilometer fährt
in fremde Länder, ganz allein, und Unbekanntes dem Bekannten vorzieht. Das Fleisch verweigert und keinen Gott
hat. Das nackt in den See steigt, sich unter Bäumen bettet

und ein Feuer machen kann. Was für ein Mädchen bist du, das in den Himmel starren kann für Stunden und in Wolken Fabelwesen sehen, während das Leben an ihr vorbeizieht. Das Möglichkeiten verstreichen lässt und in Vergangenheiten wühlt. Sag mir, was für ein Mädchen bist du, das singt und brüllt und faucht wie ein Tier. Das raucht und den Mund verzieht mit Spott in den Winkeln, anstelle zu antworten auf meine Frage, was für ein Mädchen es ist.

liebe mama, ich komme am donnerstag mit dem zug um 18:44 h an. ich laufe vom bahnhof und bin gegen 19.15 h da. umarmungen, m

Natürlich regnet es, als ich ankomme. Ich werde nass angekommen sein. Ich werde die Feuchtigkeit mit ins Haus gebracht haben. Die kriegt man schwer wieder raus, wenn sie erstmal in den Schränken ist. Es wird besprochen worden sein, warum ich mir kein Taxi genommen habe. Ich werde Unverständnis geerntet haben.

Ich laufe den Bach entlang, der meine Staudämme tapfer ertragen hat, in anderen Zeiten. Die Straße biegt ab, der Bach hat sie beleidigt, sie entfernt sich von ihm, ich aber bleibe ihm treu, er wird mich hinters elterliche Haus führen. Die Rucksackträger knirschen. Meine Augenbrauen machen Sinn und leiten Tropfen an meinen Augen vorbei. Öde liegt die Landschaft da. Breitet sich sorglos unterm Regenhimmel aus, weil auch sie hier zu Hause ist. Erinnert träge an sonntägliche Langeweile, an endlose Regentage, aber auch an Sommer. An abgefackelte Kornfelder. An Abende bei den Bahnschienen, mit Bier, an Geldstücke auf den Schienen. An den amerikanischen Radiosender, das Fenster zur Welt.

Das Dorf knabbert sich um den Bach, die ersten Häuser bei-

ßen zu. Wie immer, wenn ich herkomme, legt sich das Korsett um mich, hier bin ich Tochter, hier lästern Nachbarn hinter Hecken, hier wuchert Giersch nicht in der durchgesiebten Gartenerde, sondern nur am Landstraßenrand.
Frau Wichert, eine Nachbarin, kommt mir mit Schirm und schlechter Laune entgegen. Sie führt eine Wurst mit Beinen aus. Ich glaube, die Sorte nennt man Beagle. Weiß-braun mit Hängeohren und Horst-Tappert-Augen. Ich kenne mich mit Hunden nicht gut aus.
Natürlich erkennt die Wichert mich auch schon von weitem, sie duckt sich unter ihren Schirm. Heute wird sie beim Abendbrot ihrem Mann sagen, dass die Clayton-Tochter zu Besuch ist. Die Tochter von der Schweinebauerntochter und vom amerikanischen Soldaten aus der Besatzungszone.

Nichts an meinem Elternhaus ist einladend. Der Zaun hat Zacken. Die Bäume Nadeln. Die Hecken Dornen. Die Jalousien sind heruntergelassen, die Türen verschlossen, die Schlösser mit Schlössern gesichert. Die Hälfte vom Rasen vorne ist weg, dafür gibt es eine asphaltierte Einfahrt, auf der ein Auto parkt, das schon länger nicht bewegt wurde. Mutter hat keinen Führerschein und Vater kann das Auto seit dem Schlaganfall nicht mehr fahren. Er kann nur noch seinem Tod entgegenliegen. Um das Gartentor zu öffnen, muss man über den Zackenzaun greifen und von innen die Klinke runterdrücken. Ich öffne und schließe das Tor, gehe auf die Haustür zu und weiß, dass sie mich jetzt schon gehört haben. Im unteren Stockwerk ist die Küche, das Ess- und das Wohnzimmer. Oben im Schlafzimmer liegt Vater, in meinem Kinderzimmer die Bügelwäsche. Hinter dem Haus könnte ein Garten sein, hätten meine Eltern das Grundstück nicht verkauft. Ein Garten macht Arbeit. Ich klingle. Höre die schleppenden Schritte von Mutter, höre ihren Schlüsselbund. Das Rascheln. Das Schloss-vom-Schloss-aufschließen und das Schlossaufschließen.

»Du bist ja ganz nass.«

#6

Du sitzt mir gegenüber und schweigst. Schon seit einigen Minuten. Ich auch. Weil auch ich nicht weiß, was noch zu sagen übrig bleibt. Wir sind beide erschöpft und rühren in unseren Getränken. Du mit dem Löffel im Kaffee, ich mit dem Strohhalm zwischen den Eiswürfeln. Du setzt deine Sonnenbrille auf. Schiebst sie vom Kopf runter ins Gesicht. Deine Haare bleiben trotzdem in Form. Wie alles an dir in Form gestriegelt ist. Ich möchte etwas sagen, irgendetwas, aber ich bin leer, mir fällt nichts ein, nichts, was nicht belanglos wäre. Die Zeit wird dick und ich unter ihrem Gewicht ganz krumm. Mit jedem Augenblick, der verstreicht, wird das Schweigen zwischen uns größer, und die Möglichkeit, es zu überwinden, schrumpft zu einem sehr überschaubaren Häufchen. Einem Staubkorn auf deinem Jackettärmel. Ich kann mich in deinen Brillengläsern sehen. Ich kann das Ufer hinter mir sehen. Den Fluss. Den Himmel. Ich erinnere mich an Spaziergänge mit dir. Barfuß, unsere Schuhe in der Hand. Ich sehe in deine Spiegelflächen, ein Schiff schiebt sich durch deine Augen. Ein Futur Zwei schiebt sich durch mich. Ich werde tapfer gewesen sein. Ich weiß, dass meine Vergangenheit größer als meine Zukunft ist.

»Wusstest du, dass wir in der Vergangenheit leben?«, frage ich.

»Du meinst wohl in Erinnerungen?«

»Nein. Ich meine Vergangenheit.«

»Aha«, sagst du und fragst nicht nach.

Es ist der Bruchteil einer Sekunde. So lang braucht unser Gehirn, um alle aufgenommenen Informationen auszuwerten, zu verarbeiten und daraus ein für uns erwartbares Bild von der Wirklichkeit zu entwerfen. Wir hinken einer konstruierten Illusion der Dinge hinterher. Das denke ich. Während ich dir jetzt gegenübersitze. Den Bruchteil einer Sekunde nachdem es tatsächlich passiert ist, hat mein Gehirn dieses von dir erwartbare Bild für mein Bewusstsein konstruiert.

Du spielst weiter an deinem Smartphone herum. Machst Fotos von mir. Probierst verschiedene Winkel und Filter aus. Versuchst, vorteilhafte Perspektiven auszuloten.

»Willst du noch was?« Deine Hand schnellt in die Höhe. Eine Kellnerin wird aufmerksam.
»Nee. Danke.«
Die verschwitzte Studentin mit Nebenjob kommt an unseren Tisch, klemmt sich ein leeres Tablett unter den Arm, nimmt ihren Block und fragt, was es sein darf. Du schiebst deine Brille wieder hoch in die Haare, schaust erst mich mit einem Blick an, der signalisiert, dass jetzt etwas Bemerkenswertes passieren wird, wendest dich dann an die Kellnerin und begutachtest kurz ihre verpackten Brüste.

»Haben Sie auch Kleinigkeiten zum Essen?«
»Selbstverständlich. Wir haben kleine Snacks und ab 17.30 Uhr die Abendkarte. Möchten Sie erst mal in die Karte sehen?«
»Nein, danke, ich nehme ein Sandwich, haben Sie so etwas? Ein Sandwich?«
»Ja. Käse, Salami oder Schinken?«
»Ach, wissen Sie was, ich glaube mir ist doch eher nach etwas Süßem.«

»Da kann ich Ihnen eine Waffel anbieten, oder einen Crêpe?«
»Und was ist mit Kuchen?«
»Apfelstreusel, Kirsch, Käse und Linzertorte hätten wir da.«
»Ich weiß nicht. Vielleicht doch lieber etwas Salziges.«
»Soll ich doch noch mal die Karte bringen?«
»Nein, nicht nötig. Ich nehme eine Bockwurst. Haben Sie so etwas?«
»Leider nicht. Ich bringe noch mal die Karte.«
»Ich nehme einen Salat.«
»Einen Salat?«
»Ja, das werden sie doch sicher haben.«
»Ja, Salate haben wir. Welcher soll's denn sein? Sommersalat, Bauernsalat, Caesar Salad?«
»Ich nehme den Sommersalat.«
»Mit welchem Dressing: Balsamico, French, Yoghurt?
»Mit Frenchdressing, bitte.«
»French.«
»Ach, doch nicht. Ich nehme Balsamicodressing.«
»Einen Sommersalat mit Balsamicodressing. Kommt sofort. Und für Sie?«

Ich schüttle meinen Kopf. »Für mich nichts, danke.« Die Kellnerin lächelt angestrengt und verschwindet zwischen den Tischen. Ich weiß, dass alles kostet. Leben kostet. Dieser Dialog, mit dem du mir beweisen willst, dass man immer die Wahl hat, verschwendet meine Restzeit. Ich habe keine Wahl.

Zeit fließt nur in eine Richtung. Nur nach vorn. Nur in die Zukunft. Zeit strebt danach, die Dinge von einer hohen energetischen Ordnung in einen möglichst niedrig aufgeladenen Zustand zu überführen. Zeit kann nicht in eine andere Richtung. Kann nicht zurück. Immer nur vorwärts. Ordnung zerstören. Bis irgendwann, eines Tages, auch der letzte Stern erst explodiert, dann erloschen sein wird und das Universum träge und tot zur Ruhe kommt. Das ist ein kosmisches Gesetz. So ist es auch mit uns. Während du mit verschränkten Armen und provokantem Blick versuchst, dich an dein Leben zu klammern, hat mich die Zeit schon in einen energetisch niedriger aufgeladenen Zustand befördert. Mir tut die Kellnerin leid und ich kann nur müde über dich lächeln. Ich bin schon längst explodiert.

Du schaust mich für einen winzigen Moment mit einer Abschätzigkeit an, die mir bedeutet, dass du nicht glauben kannst, dass ich aus deinem genetischen Material geformt sein soll, dass du eine bessere Tochter verdient hättest als diesen kranken krummen Klumpen, der da vor dir an einer Cola nuckelt.

Als mir das erste Büschel in der Bürste hängen blieb, hab ich nicht lang gefackelt. Jetzt sind sie raspelkurz. Die Spitzen hätten sowieso mal ab gemusst.

»Wenn du Erfolg haben willst ...«
»Papa, hör auf.«
»Wenn du Erfolg haben willst ...«
»PAPA.«
»... dann musst du die Welt nach deinem Willen formen. Da brauchst du Ellenbogen. Da. Zack und da: Zack. Siehst du. Sonst hört dir keiner zu ...«
»Nicht heute, Papa, echt nicht.«
»Wie du schon da sitzt. Du hast doch schöne Brüste. Streck sie doch mal raus. Zeig doch mal, wer du bist. Diesen Krebs, den machst du sonst nicht fertig.«
Arschloch, denke ich.

»Du musst kämpfen. Hörst du. Nicht hängenlassen.«
»Aber das tu ich doch.«
Ich kämpfe. Gegen meine Tränen und im Großen gegen einen Schmetterling. Der wächst über dem Balken in meinem Gehirn. *Schmetterlings-Gliom* heißt das Monster. Wie kann etwas so Beschissenes einen so schönen Namen haben. Ich stelle mir Schmetterlinge vor, die mit wuchernden Tumorflügeln über einer Blumenwiese fliegen. Schmett, schmett, schmett. Die Tumorart hat Stufe IV und endet immer tödlich. Mittlere Überlebenszeit 7,5 Monate. Da weiß man, woran man ist. Mir bleiben im Schnitt noch 5. Ich wüsste gern, wie lange noch. Ich hab noch so viel vor.

»Brust raus. Die Stirn bieten. Ja? Das wird schon wieder, Mädchen.«

Ich lächle, damit du endlich mit diesem Gelaber aufhörst, denn eigentlich wissen wir beide, dass da nichts mehr werden wird. Dein Telefon klingelt und du gehst ran. »Was Wichtiges«, sagst du leise zu mir. Aha.

Dinge, die ich noch erleben wollte: den Alpenwanderweg von München nach Venedig gehen. Kinder bekommen. Einschulung meiner Kinder. Hochzeit meiner Kinder. Oma werden. Rom, Venedig, Florenz und Dubrovnik besuchen. Nach Peru, Japan, Indien. Dinge, die ich noch erleben will: jede Jahreszeit einmal. Schnee. *Krieg und Frieden* lesen. *Gegen die Welt. Vor dem Fest.*

»Soo. Der Sommersalat für den Herrn.« Geschickt und mit einer Drehbewegung stellt die Kellnerin den Salat vor dich hin.

»Danke«, sage ich.
Du guckst sie kurz an, lächelst und beendest einen Augenblick später dein Telefonat.
»Hier. Iss. Ich mag gar keinen Salat«, sagst du und schiebst den Teller zu mir rüber.

STARCODE RED

Ich bin die schönste Qualle. Mit so viel Gefühl hat sich noch keine bewegt. Sachte ziehe ich den Stab wieder nach unten, an dem mein Quallenkörper befestigt ist und bewege mich sanft in den Hüften, schwenke meine Tentakel so, als sei ich unter Wasser. Die Kollegen-Quallen bewegen sich viel zu schnell. Vor mir tritt sich der Seestern auf sein eigenes Bein, er strauchelt und stützt sich am Anglerfisch ab, dem daraufhin die Kopfbedeckung ins Gesicht rutscht, und weil seine Arme in Flossen stecken, kann er es nicht korrigieren. Blind stolpert er durch die Restchoreografie. Auf der Bühne ist es eng, zu eng für diese Nummer, bei der wir mit sechzehn Darstellern in riesigen Kostümen den Auftakt vom Musical *Aqua-Life* geben, das für die Kreuzfahrtschifflinie *DeinSchiff* geschrieben wurde. Vom Zuschauerbereich riecht es nach dem Cocktail des Abends, dem *Blue Lagoon*. Es ist voll besucht, 1200 Passagiere sitzen in den Sesseln und saugen an ihren Strohhalmen.
Ich bin die erste Qualle von links. Und obwohl ich nur eine Qualle bin, gebe ich mir Mühe.

Seit siebenundneunzig Tagen bin ich an Bord, ich bin Jona im Inneren dieses Stahlwalkolosses, der mich alle paar Tage an irgendeinem Land wieder ausspeit, mein Vertrag geht noch drei Monate, insgesamt ein halbes Jahr. Die Karibik habe ich durch, eine Transatlantik-Passage, auch die Mittelmeerfahrten, die Europaumrundung, jetzt sind wir auf der Nordlandtour, sie führt die norwegische Küste hoch und dann nach Island und von dort zurück nach Deutschland.

Hinter den Kulissen werden in Maximalgeschwindigkeit Kostüme gewechselt. Der Anglerfisch ist stinksauer. Er knallt seine Kopfbedeckung in eine Ecke. Ich kriege meinen Quallengrundkostüm-Reißverschluss nicht auf. Nirgendwo Ankleider, wenn man sie braucht.
Auf der Bühne singt *Frau Luna* ein Solo, damit wir genug Zeit für den Umzug haben.

Mühe habe ich mir beim Casting nicht gegeben. Hingegangen bin ich nur wegen der Idee wegzukommen, mein Leben irgendwie von mir abzuschneiden. Ich wollte vergessen und so wenig denken, wie mir möglich ist, aber jetzt hat das mit dem Denken wieder angefangen.
Ich habe meine Haare abgeschnitten, elf Kilo abgenommen und seit den Azoren eine kleine Tätowierung am Handgelenk. Einen Anker für die Atlantiküberquerung.

Ich habe mir endlich die Qualle aus- und das Wassergras angezogen. Ich werde das erste und einzige Wassergrasbündel von links sein. Ich bin Schauspielerin und kann nur mäßig singen. Ich bin in *Aqua-Life* nur Wassergras-Background und Quallen-Chor. Alle anderen Rollen sind Stummrollen. Ich setze meinem Wassergrashelm auf, meine Arme stecke ich in Vorrichtungen, an dessen Ende ein Meter Wassergrasdeko befestigt ist, die soll ich auf der Bühne in die Höhe halten und mich *wie Seegras unter Wasser* bewegen. Das richtige Schwenken der Seegrasarme habe ich während meiner dreiwöchigen Einarbeitung an Land gelernt.

Stichwort. Lächeln. Auftritt.
Ich schwenke so würdevoll wie möglich meine Wassergrasarme, singe die Backgroundvocals und sehe dabei das Publi-

kum an: Verwöhnte, meist übergewichtige, weiße Menschen, die alles in sich reinstopfen, weil es hier auf dem Schiff *all inclusive* ist.

Meine Kabine, Nummer 5328, ist auf Deck 5, das im Pax-Bereich *Perlen-Deck* heißt. Sie ist etwa sieben Quadratmeter groß und liegt im Schiffsinneren. Ich teile sie mit Eileen, einer Tänzerin aus Amsterdam. Es gibt zwei Spints und ein Etagenbett. Ich oben, Eileen unten, da hat man mehr Platz. Sie hat einen Freund, darum. Es gibt einen Fernseher, der alle deutschen Programme empfängt und Kanal 23, unser Fenster, die Bordkamera, die vorn am Schiff befestigt ist und die jetzt grauen Nebel überträgt. Wie auch gestern schon und den Tag davor. Graugraugrau sind alle Nordlandkleider. Für das Wetter, sagt der Kapitän bei jeder Durchsage, sind die Passagiere zuständig. Und die machen ihren Job auf dieser Cruise richtig schlecht.

Ich ziehe mich aus und verschwinde im Duschklo. Es ist etwa einen Quadratmeter groß und komplett aus Plastik. Obwohl wir es oft putzen und lüften, riecht es unangenehm modrig darin. Von Eileen haben sich Haare im Abflusssieb gesammelt. Ich reiße ein Stück Klopapier ab, wische sie damit auf und schmeiße das Papierknäuel ins Plastikklo.

Mein Shampoo ist alle, Eileen hat den letzten Rest aufgebraucht, das muss ich ihr mal sagen, dass das scheiße ist, das macht sie immer. Morgen ist Seetag, und wer weiß, ob man übermorgen auf den Lofoten, da ist auch noch Sonntag, was nachkaufen kann, und die Markenshampoos aus der *Dein-Schiff-Wohlfühl-Parfümerie* sind überteuert und meine Haare, die sind jetzt nass, nicht erst in zwei Tagen, also nehme ich Duschgel, was soll's.

Eine größere Welle bringt mich aus dem Gleichgewicht, ich stoße an die Kabinenwand: Hallo Musikknochen. Für heute Nacht und morgen ist Sturm mit schwerem Seegang angesagt.

Ich kann kaum was sehen, der gesamte Boden des Duschklos ist überschwemmt, die Lüftung hat Asthma, der Spiegel ist beschlagen, aber die Tür bleibt zu. Diese winzige Privatsphäre muss behütet werden. Ich wische über das Alibert-Schränkchen, sehe in ein verschmiertes Gesicht und zerteile es genau in der Mitte.

Eileen kommt in die Kabine. Sie klopft ans Duschklo.
»Hej!«
»Hej, Eileen.«
»I wanna have sex with Roberto, is it okay if you spend some time outside?«, fragt sie.
»You used up my shampoo.«
»I will replace it. Versprochen.«
»Okay.«
»What about tonight? Is it okay?«
»Of course. Give me a second and I'll be gone.«
»You are a lekkertje.«

Wir sprechen das *DeinSchiff*-Englisch, das alle möglichen Dialekte, Sprachen und Wortschöpfungen beherbergt. Außer auf der Bühne und wenn ich mit den Passagieren reden muss, spreche ich gar kein Deutsch mehr. Dafür bin ich dankbar. Das war glaube ich einer der Hauptgründe, warum ich diesen Job angenommen habe. Ich denke manchmal, dass ich nie wieder ein Wort auf Deutsch sagen können werde.

Ich öffne das Duschklo und ziehe mich an. Eileen ist schon wieder weg. In Kopenhagen und Bergen habe ich mir warme Kleidung gekauft, wie fast alle aus der Crew, nach der Karibik und dem Mittelmeer war uns auf einmal sehr kalt hier oben. Ich schnappe mir den Parka, stopfe meine nassen Haare unter die Mütze, klippe mein Namensschild an meinen Pullover, nehme Telefon, Notizbuch und *Identity-Card*, schalte den Fernseher aus, verlasse die Kabine und betrete die neonbeleuchteten Adern der Crewdecks. Es stinkt nach billigem Linoleum-Reinigungsmittel. Links, geradeaus, links, rechts, im Treppenhaus sitzen ein paar vom Entertainment, die auf Internet hoffen, hier ist der Empfang am besten, wenn es welchen gibt. Bleichblaue Gesichter starren auf Bildschirme, Finger hasten über Tasten. Treppe runter, rechts, geradeaus, rechts, rechts. Ich stoße unerwartet an Metall-Bordwände. Das Schiff stampft, es kämpft mit den Wellen, macht meinen Gang breitbeinig, ich bin ein Westernpistolenheld auf dem Weg zum Duell.

In der Crewmesse opfern wir dem Hunger täglich unseren Geschmack: Jeden Tag die Hoffnung, dass es anderes Essen geben könnte, jeden Tag der gleiche Gang ums immergleiche Buffet. Ich drehe die Runde. Verkochte Nudeln, ein Penneklumpen, dazu Bolognese und eine rote Soße. Trockenes Fleisch runzelt unter einer Warmhaltelampe. Dunkle Pilzsoße hat sich eine Haut zugelegt. Mehlige Kartoffeln kämpfen mit ihrer eigenen Stärke.
Auf der anderen Seite, an der Theke, hinter der die Crewkantinenköche schälen, schnippeln, rühren und schwitzen, gibt es drei verschiedene fettäugige asiatische Gerichte mit Fleisch und eines ohne.
»What is it?«, frage ich Tenzin hinterm Tresen.

»Eggplant.«
»Okay.« Ich begutachte die Pampe und versuche, darin die Auberginen zu erkennen. Manchmal hilft es, wenn man weiß, was es sein soll. Daneben der große Bottich mit Reis. Dann der Getränkeautomat. In der Mitte um die Säule: Die Salatbar, die Obstschale und der farbenfrohe Nachtisch, der heute nach Erdbeere riecht.

Ich suche mir einen freien Tisch beim Fernseher, es läuft CNN, ein Amokläufer hat in Baltimore mehrere Menschen erschossen und wird jetzt vom FBI und der Polizei gejagt, hänge meine Jacke über einen Stuhl, lege mein Notizbuch auf den Tisch, schnappe mir ein Tablett, einen Teller und Besteck, nehme vom Reis und vom Salat, wie immer, dazu Essig und Öl, einen Apfel und Pfefferminztee. Ich beobachte den Wellengang anhand der Oberfläche meines Tees im Becher. Ein Hubschrauber filmt den Tatort von oben. Ein Moderator sitzt davor und spricht mit einem Journalisten, der live vom Hubschrauber aus berichtet. Unten der Ticker mit den Breaking News:

+++*Shooting in Baltimore*+++ +++*13 Dead*+++.

Habe ich aus dem Augenwinkel da eben eine Kakerlake gesehen? Ich lege Messer und Gabel auf den Teller und suche mit Blicken den Boden ab. Kakerlaken darf man nicht zertreten. Tritt man zu, sterben sie zwar, aber man verteilt dann ihre vielen Eier, die sie unterm Panzer tragen. Ich trinke den Tee aus. CNN zeigt Fotos vom Amok-Schützen. Man hat ihn bereits identifiziert.

Ich stehe auf, ziehe mich an, stecke den Apfel und mein Notizbuch ein, bringe das Tablett zu den Tellerwäschern auf der anderen Seite vom Gang, sortiere Essensreste und Geschirr in die dafür vorgesehenen Behälter.

»Thank you«, sagt der Inder, der hinterm Tresen steht und die Geschirrspülmaschinen befüllt.
»No, I thank ... « Aus den Lautsprechern unterbricht die Durchsage: *Starcorde Red. Starcode Red. Deck five. Cabin: Five. Two. One Zero.* Wir lauschen. *Starcode Red. Starcode Red. Deck five. Cabin: Five. Two. One Zero.* Der Inder macht mit einer Hand eine Geste, die ein Sich-erbrechen andeutet. Wir nicken. Starcode Red ist der Code für einen ärztlichen Einsatz. Bei starkem Seegang, wenn die Passagiere kotzen, kommt das öfter vor.
»You come iceparty, tomorrow?«, fragt er.

Ich nicke, winke und verschwinde, ich will zur *Schöne Aussicht-Bar* am Heck. Links, links, links, Treppe hoch, vorbei an den Blaugesichtern, rechts, links, in den ersten Wochen habe ich mich ständig verlaufen, habe die Bühne gesucht, oder fand manchmal von der Crewmesse nicht in meine Kabine zurück. Jetzt gehe ich daran vorbei, kann Eileen und Roberto hören, weiter, den Gang geradeaus, bis zur Tür, auf der ein Schild warnt: *Attention: Passengers beyond this point* und ein Icon zum Lächeln auffordert. Deck 5 ist die Schnittstelle, hier teilt sich die Welt in Arbeiter und Freizeithaber. In Unten und Oben. In Crew und Pax. In Morlocks und Eloi. In knallharten Neonlicht-Linoleumrealismus und langflorigen Teppich unter gedimmtem Licht.

Ich öffne die Tür und habe Glück, keine Passagiere in Sicht. Ein paar Ameisen schieben einen Wagen mit frischer Bettwäsche und Handtüchern zur nächsten Kabine. Die Ameisen vom *Housekeeping* sind fast ausschließlich von den Philippinen. Die schuften ihre 16 Stunden-Schichten bis spät in die Nacht und sind nicht selten bis zu 12 Monate nonstop an

Bord. Es ist unfassbar, dass die überhaupt noch lächeln können. Ich sehe, dass weiter hinten der Flur abgesperrt ist und Security in beide Richtungen sichert.
Nenita kommt mit Putzzeug aus einer Kabine, ich renne sie fast um, sie ist die einzige Ameise, die ich mit Namen kenne, in der Crew-Bar auf Deck 2 geben wir uns manchmal Biere aus.
»Sorry, Nenita.«
Sie hat mir erzählt, wie die Passagiere sie manchmal zur Sau machen und wegen irgendeiner Kleinigkeit anbrüllen, weil sie aber kein Deutsch versteht, weiß sie nicht, um welche Kleinigkeiten es sich handelt. Sie lächelt dann mittlerweile nur noch und sagt »Entschuldigung« und »ja, sofort« und »in Ordnung«. Das habe ich ihr so beigebracht. Seitdem klappt's auch besser mit dem Trinkgeld.

»Something happen? Me trouble?«, fragt sie großäugig und deutet zur Security.
»No. Just a Starcode Red. Don't worry«, sage ich.
»Tomorrow Icebarparty. You come?«
»Yes. You too?«
Sie nickt.
»See you.«

Ich versuche, im Vorbeigehen einen Blick in die abgeschirmte Kabine zu erhaschen, um herauszufinden, was da los ist, kann aber nichts sehen. Einer der Security-Männer kommt auf mich zu und verlangt den Bord-Ausweis. Ich gebe ihm meine *Identity-Card*.
»You are not wearing your bord-uniform. In Pax-area you must wear bord-uniform.«
»But only until 10 pm.«
Er schreibt meinen Namen und meine Kabinennummer von

der *Identity-Card* ab, mustert mein Namensschild und schreibt *Entertainment* in sein Heftchen.
»What time is it?«, frage ich.
»9:55 pm.«
»Come on. 5 Minutes.«
»Sorry, Ma'am.«
Er schickt mich tatsächlich zurück hinter die Morlock-Tür. Dieser Penner. Wegen fünf Minuten. Ich laufe wieder zurück, wieder an meiner Kabine vorbei, durchs Crew-Treppenhaus, laufe hoch bis Deck 7, hinter zwei schweren Türen liegt ein Außendeck für Passagiere, hier wird an Vormittagen Shuffle gespielt, jetzt ist aber niemand zu sehen, böiger Wind peitscht die See auf, meine Augen tränen, es ist immer noch hell, vor zwei Wochen war Mittsommer, hier oben im Norden wird es zur Zeit gar nicht richtig dunkel.

Caleb stellt mir den Single Malt auf eine kleine Serviette neben die Wasabi-Nüsse. Außer mir sitzt wegen der Kälte niemand draußen. Ich habe mich in zwei Decken eingewickelt. Normalerweise darf ich hier gar keine Getränke ordern. Ich darf im Passagierbereich nur von Gästen eingeladen werden und nicht selbst bestellen. Eingeladen werden darf ich auch nur, weil ich vom *Entertainment* bin. Wer aus der Crew mit mehr als 0,8 Promille erwischt wird, fliegt vom Schiff.

Noch einen Whisky.

Caleb und ich stellen uns die Gäste, die mich einladen, immer nur vor. Er ist ein guter Kellner. Er weiß, dass ich traurig bin und bringt mir so viel Single Malt, wie ich brauche. Ich öffne das Notizbuch, nehme den Stift und lege meinen Blick über das aufgewühlte Meer.

Noch einen.

Seitdem das mit dem Denken wieder angefangen hat mache ich Striche. Für jeden Gedanken an Julian einen. In meinem Kopf sieht's nämlich eigentlich so aus:

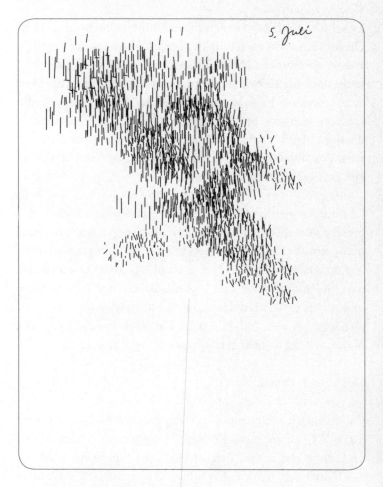

Ich schätz mal: 1,4 Promille.

Als ich aufwache, ist Eileen schon beim Tanztraining. Ich schalte das Fenster an. Draußen ist Grau. Ich lese den Wellengang an einer Kette ab, die an einem Haken an der Duschklotür hängt. Das Schiff stampft. Ich mache Katzenwäsche, schlüpfe in meine inoffizielle Schiffs-Uniform: Jogginghose, Pulli, Turnschuhe. Schnappe meinen Parka, ich brauche Kaffee, den bekomme ich noch genau zehn Minuten lang in der Crewmesse, dann ist die bis zum Mittagessen zu. Ich husche noch schlaftrunken durch die Neonlichtadern. Habe von Julian geträumt. (Innerlich einen Strich ins Notizbuch.) Der *Stage-Manager* steht mit dicken Augen beim Schwarzen Brett im Gang vor der Crewmesse. Er sieht mich, leider.
»Heute Nachmittag ist Eis-Gala auf dem Pooldeck, du stehst für die Fahnen mit auf der Liste.«
Bevor an einem Seetag bei den Passagieren Langeweile aufkommt, schwenken wir Fahnen. Zwei Barkeeper schnitzen auf dem Pooldeck aus Eisblöcken einen Schwan und einen Reiher. Dazu gibt's Cocktails und kleine Häppchen. Der Kapitän schüttelt Hände. Das finden die Passagiere toll.
»Keep them entertained, keep them happy, keep them fed, keep them drunk«, ruft er halb mir hinterher, halb in den Gang. Seine Stimme klingt verraucht. Er ist 42 Jahre alt und sieht aus wie Ende 50.

Tenzin und die anderen schnippeln schon fürs Mittagessen. Wir begrüßen uns kurz. Ich nehme mir einen Kaffee im Pappbecher und eine Orange, ich habe noch ein paar Minuten und setze mich an einen Tisch in der Nähe des Fernsehers. Es läuft CNN. Ein Forscherteam hat in der Wildnis Russlands eine Einsiedlerhütte mit einer Frauenleiche entdeckt.
+++ *female corpse in eremit hut* +++ +++ *Siberia* +++
Ich trinke den halben Becher Kaffee auf ex, schäle die Orange,

ihr Duft erinnert an Kindheit, und versuche das Weiße außen an der Frucht zu entfernen, soweit das ohne Messer geht. Ich bohre meinen Daumen ins Fruchtinnere, breche die Orange auf, stecke mir eine Spalte in den Mund, zerbeiße sie und denke *Vitamine*. In der Nähe der Einsiedlerhütte wurden fünf Gräber gefunden. Man vermutet, dass es sich um eine Familie gehandelt haben könnte. Ein stark verwittertes Notizbuch soll noch ausgewertet werden.

Tenzin ruft, dass sie jetzt schließen. Ich stecke ein paar Schalenstücke in meine Parkatasche, gehe noch mal zum Getränkeautomat, fülle meinen Pappbecher wieder mit Kaffee auf und balanciere damit verbotenerweise durch die Gänge zum Crewdeck, das zwei Stockwerke höher liegt, ganz vorne am Bug des Schiffes. Das ist unser Spielplatz. Es gibt sogar einen winzigen Pool, an sonnigen Tagen und in wärmeren Gefilden sorgt er dafür, dass es tagsüber voll ist. Zigaretten werden geraucht. Telefonate geführt. Haut wird gebräunt. Ich gehe da nur nachts oder bei schlechtem Wetter hin. Auch, um Delphine und Wale zu sehen. In der Ferne habe ich gestern eine Fontäne erspäht. Vielleicht war das ein Orka.

Ich drücke die schwere Stahltür auf, Wind greift mir feucht ins Gesicht. Weit kann man nicht sehen. Maximal hundert Meter. Die Küste mit all ihren Fjorden müsste eigentlich, so prachtvoll wie in den Prospekten abgebildet, zu unserer rechten Seite liegen. Das tut sie wahrscheinlich auch. Vielleicht wurden wir aber auch entführt. Wer weiß das schon nach diesem tagelangen Grau.

Eine große Möwe sitzt auf dem Geländer vorne. Kein Bock auf Fliegen. Die lässt sich schön von diesem Wohlfühlparadies, das unablässig Schwerölabgase in ihre norwegische Landschaft schnauft, durch die Gegend schieben.
Ich hocke mich zu ihr aufs Geländer, sie trägt einen roten Punkt auf ihrem Schnabel und zuckt kurz mit den Flügeln. Wir geben uns Asyl. Ich nippe am Kaffee, stecke die andere Hand zu den Orangenschalen und knete die Beruhigung aus ihnen heraus.

Die Möwe und ich sind die einzigen auf dem Crew-Deck. Wir schauen aufs Meer und gehen getrennt unseren Gedanken nach: *Julian* und *Fisch*. Hinter uns ist die Brücke, die Kommandozentrale, aber wir sind Pioniere, hier vorne an der Spitze des Schiffs.
Da, Pionier-Möwe, hast du's gesehen? Da war doch was Dunkles in den Wellen. Ein Wal. Was meinst du? Die Möwe antwortet nicht. Dafür kommt Security aufs Deck.
»Step off the rail!«
Ich rutsche vom Geländer. Die Möwe entfaltet ihre Flügel und überlegt noch, ob es sich lohnt loszufliegen oder ob hier gleich wieder Ruhe ist.
»We don't want no Oscar-Oscar here! Understand?«
»Yes.«
Die Möwe hebt kreischend ab.
»This water is very cold. You would not live longer than ten minutes. Understand?«
»Yes.«
»So, don't sit on the rail. Your name and cabin number, please.«

Ich schnuppere an meinem Orangenfingern. Die Möwe dreht eine kleine Runde, segelt scheinbar mühelos im Aufwind neben dem Schiff und lacht ihr Möwenlachen, während der eine Security-Mann mich aufschreibt und der andere breitbeinig das Deck kontrolliert.

Die machen immer den Sheriff. Na gut: Auf diesem Schiff befinden sich gerade 4000 Menschen. 3000 Passagiere und 1000 Angestellte. *DeinSchiff* ist eigentlich eine Ministadt. Es gibt eine Einkaufsstraße, Cafés und Restaurants, ein Theater, Bars, eine Druckerei, eine Wäscherei, eine Müllverbrennungs- und eine Kläranlage. Es gibt einen Frisör, ein Krankenhaus mit Ärzteteam, eine Saunalandschaft mit Panoramafenstern, ein Fitnessstudio mit Trainern, eine Diskothek mit Schwarzlicht, einen Kosmetiksalon mit Botoxangeboten, einen Kindergarten mit Bällebad. Luxuskabinen, Außenkabinen, Innenkabinen. Und überall und immer jederzeit verfügbar Essen und Trinken inklusive. Da fließt viel Alkohol und ich verstehe, dass es so etwas wie eine Polizei geben muss, falls an Bord mal jemand nach zehn *Blue-Lagoons* durchdreht. Ich verstehe dieses Security-Prinzip grundsätzlich. Ich mag die Jungs trotzdem nicht. Die sollen Verbrecher jagen, wie bei *Love Boat*, wo wenigstens Diamanten-Colliers geklaut werden, und nicht mich. Jetzt habe ich einen Love-Boat-Ohrwurm.

Die Möwe landet steuerbord auf dem Geländer und faltet sich ihre Flügel wieder an den Leib. Ich warte, bis die Security lang genug weg ist, dann setze ich mich in respektvollem Abstand daneben. Zwischen uns und dem Außengeländer ist immer noch mehr als ein Meter, die sollen sich nicht so anstellen, auch bei diesem Wellengang nicht. Der Kaffee ist kalt, ich trinke ihn trotzdem, obwohl er scheiße schmeckt und ich jetzt wach bin. *Fisch. Julian.*

Wir treffen uns zum Fahnenschwenken im hinteren Treppenhaus auf Deck 11. Wir haben alle unsere Borduniform an: Weiße Hosen und blauweiß gestreifte Hemden oder Blusen, darüber ein dunkelblauer Pullunder. Wir sehen aus wie Sascha Hehn. Wir sind die komplette *Stage Crew*, draußen ist's bewölkt und acht Grad kühl, keiner von uns hat Bock, Fahnen schwenkend zur *DeinSchiff-Hymne* am Poolrand zu stehen, besonders die kubanische Tänzerin Marie nicht, ihre Mundwinkel hängen bis in die Maschinendecks. Roberto und Eileen kommen als letzte.

Ob wir es schon gehört haben? Was denn? Das mit der Leiche? Welcher Leiche? Die jetzt in einem Kühlraum auf Deck 2 liegt! Was? Ja! Seit wann? Seit letzter Nacht. Und wer ist der Tote? Ein Mann, schon älter. Pax oder Crew? Pax. Wann ist es passiert? Gestern Abend. Herzinfarkt. Kurz hat er noch gelebt. Hat seiner Frau angeblich noch sagen können, dass er sie liebt. Oh nein. Doch. Das also war der Starcode Red? Ja, genau. Krass. Und was ist mit der Iceparty? Fällt aus. Kühlraum besetzt. Haha. Ist aber so. Scheiße. Ja. Und wie alt war der? Schon 70 oder so. Na dann. Wenigstens das. Die Witwe hat jetzt ne Luxuskabine auf Deck 14. Geht die von Bord? Nee: Norwegen und Island wollen die Leiche nicht haben, zu viel Papierkram, der bleibt im Kühlraum, bis wir wieder in Deutschland sind. Was? Ja, wirklich.

Der *Stage-Manager* sorgt für Ruhe und fragt, ob jeder eine Fahne hat. Haben wir. Auf dem Deck spucken die Lautsprecher die ersten Takte der *DeinSchiff-Hymne* in die Poollandschaft. Wir gehen raus. Schreiten im Rhythmus. Ich habe die spanische Fahne erwischt. Ein paar Passagiere in Funktionsjacken haben sich auf dem Außendeck eingefunden. Sie ertragen das Wetter, halten tapfer ihre Cocktailgläser und schauen zu, wie wir am Poolrand choreographiert Fahnen schwenken, als sei das wirklich ein Event und keine Verarschung. Ein Paar im Partnerlook hat Nordic-Walking-Stöcke dabei. Auf Liegen und in Decken gewickelt warten Hartnäckige ungeduldig darauf, wieder in den Whirlpool zu steigen, aus dem man sie wegen unseres Auftritts vertrieben hat. Der italienische Anglerfisch singt mit Akzent die Hymne, die von Freiheit, Abenteuer und Wohlgefühl handelt. Dazu schmeißt er sich mit großer Geste gegen das Mikrophon. Hinter einer Absperrung beginnen zwei philippinische Barkeeper kunstvoll damit, im Eisblock gefangene Tiere herauszupickeln. Der Kapitän lässt sich entschuldigen. War ja klar, das ist nicht sein Wetter. Die Hymne zieht sich unanständig hin, bäumt sich noch einmal auf, zuckt und stirbt ihren Tod. Applaus. Die Sascha Hehns gehen wieder ab.

Der *Entertainment-Manager* erteilt der Hälfte von uns Bordzeit. Mir auch. 90 Minuten Smalltalk mit den Passagieren. »No grouping!«, sagt der *Entertainment-Manager*. Es dürfen nicht mehr als zwei Crewmitglieder beieinanderstehen.
Ich gehe über das *Seestern-Deck*. Überall essen Leute. Überall trinken Leute. Überall lassen sich Leute mit einer Selbstverständlichkeit von Kellnern bedienen, die mir Angst macht. Leute haben Urlaub, sie fühlen sich überlegen, weil sie sich bei LIDL-Reisen eine Innenkabine für 999,- Euro leisten können, und benehmen sich vulgär, hinterlassen Müll, dreckige Gläser, dreckige Handtücher, zusammengeknüllte Decken, dreckige Tassen, dreckige Teller, sie hinter-

lassen Kotze und Scheiße und meinen, sie haben das Recht dazu. Der Anglerfischkollege merkt, dass ich Passagierkoller habe.
»Smile«, sagt er.
»Fuck you«, sage ich.

In der *Feelgood-Lounge* spricht mich ein älteres Ehepaar an und lädt mich auf einen Espresso an ihren Tisch ein. Sie loben meine Darstellungen auf der Schiffsbühne und rufen ein befreundetes Paar dazu. Ich komme mir vor wie ihr Tanzbär.
»Welches Unterwasserwesen waren Sie denn im Musical gestern?«
»Eine Qualle.«
»Nicht die Frau Luna?«
»Nein.«
Ich frage sie, die wievielte Kreuzfahrt das für sie ist. Die achte. Ob es mir auch Spaß macht, möchten sie wissen.

Den Nachmittag verbringe ich weinend in meiner Koje und raffe mich erst wieder rechtzeitig zur Loriot-Show auf, bei der ich alle Evelyn-Hamann-Rollen spiele. Ich schalte den Zensor wieder ein, schminke mich, gehe auf die Bühne, mache Körper- und Sprechübungen, schüttle meine Gliedmaßen, spreche mit dem Loriot-Kollegen die schnellen Klippklapp-Dialoge durch. Übe allein noch mal die englische Fernsehansage. *Auf dem Landsitz von North Cothlestonehall* ... Das ist Zungenschwerstarbeit und Konzentrationshöchstleistung. Zack. Rausgeflogen. Noch mal von vorne. Ich blicke in Richtung Publikum und konzentriere mich. Der geschlossene halbrunde Vorhang schwebt, vom Seegang bewegt, über der Bühnenrampe nach links und rechts. Nee, falsch, denk doch mal nach, der hängt einfach nur in seiner

Schwerkraft herum und wir schaukeln unter ihm hin und her. Es ist Zeit für Perücke und Kostüm. Eine Frau schaut mich aus dem Spiegel an. Hoffentlich sehe ich nie so aus. Wir gehen auf Position, wir beginnen im Saal mit dem Reinkommen. Publikumsnah. Der Cocktail des Abends ist der *Kleinsparer*.

Das Publikum mit einem Durchschnittsalter von weit über 60 spricht fast alle Dialoge laut mit und bricht an genau den Stellen in Lachsalven aus, an denen es das soll. Wir reiten nicht. Wir machen das Jodeldiplom. Wir sagen jetzt nichts. Die Berechenbarkeit der Lachsalven macht mich traurig. Und je trauriger ich werde, desto lustiger findet mich das Publikum. Und das macht mich noch trauriger. Ich haspelund lisple mich durch die Fernsehansage, in der ersten Reihe liegen zwei ältere Frauen fast am Boden.

Nach der Show gehe ich ins Fitnessstudio, nach 21 Uhr dürfen auch die Morlocks trainieren. Ich stelle mich aufs Laufband, mit Blick nach vorne raus auf das graue Nichts, durch das wir uns schieben. Ich wähle eine Playlist, auf meinem Telefon ist nur Musik aus der Zeit nach der Trennung, dann einen Parcours, eine Geschwindigkeit, und laufe zu Trommel-Rhythmen, die ich irgendwo einem Straßenhändler abgekauft habe, 8,7 Kilometer auf der Stelle, bis man mich bittet zu gehen, weil das Studio schließt.

Die Iceparty fällt tatsächlich aus, verschoben auf die nächste Kreuzfahrt, wegen dem toten Mann im Kühlraum. Weil die Morlocks aber trotzdem feiern wollen, sind die Crew-Bar und der Gang davor vollkommen überfüllt. Die Crew-Bar liegt auch auf Deck 2, unterhalb der Wasserlinie. Sie ist klein, dreckig und verraucht und schließt um 1:30 Uhr. Wenn jetzt ein Eisberg käme oder die zu nahe Küste, dann würde für uns hier alles sehr schnell gehen.

Für die Gäste muss das hier die Hölle sein. Für uns ist es die Schwerelosigkeit. Hier verspeisen die Morlocks ihre Eloi. Hier im Raum hat jetzt jeder über 0,8 Promille. Wenn die Security heute pusten lassen würde, wäre morgen niemand von uns mehr an Bord. Und weil die von der Security das wissen, kommen sie auch nicht vorbei. Nicht vor halb zwei.

Endlich stehe ich mit Nenita an einem Tisch, an dem ich mich festhalten kann. Ich Wodka, sie Bier. Wir brüllen gegen die Musik an. Sie erzählt, wie es war, die Kabine des Toten zu putzen. Alles musste desinfiziert werden. Schweinearbeit. Sie hat der Witwe geholfen, alles zusammenzupacken und in die neue Kabine auf Deck 14 zu bringen.
»You seen it? Luxury Cabin?«
»No.«
»It is big and light room. Fresh Flowers. Champain. Chocolate. What a widdow want with chocolate? Stupid Captain. You know, when your husband dead, you no want no chocolate!«

Tenzin kommt und fordert uns auf. Ich schüttle den Kopf, Nenita guckt mich an.
»Have fun«, sage ich und sehe den beiden eine Weile beim Tanzen zu. Zwei fleischige Köche mit Mecki-Haarschnitt und Schweiß auf der Oberlippe besetzen Nenitas Platz und verdrängen mich nach und nach. Ich nehme meine Sachen und kaufe noch zwei Dosenbier an der Bar. Links, links, Treppe hoch, Treppe hoch, rechts, auf Deck 4 geradeaus zum Bug des Schiffes und von da nach oben auf Deck 11. Es nieselt.

Von einem Liegestuhl am Pool nehme ich mir eine Decke und gehe die Treppe zu den Sonnendecks hoch. Ich springe über die Balustrade der Verwöhninsel 7. In den abgeschirmten, überdachten Liegeinseln für zwei Personen hat man super Privatsphäre mit Blick aufs Meer. Die muss man als Passagier mieten, die sind arschteuer. Hundert Euro am Tag oder so. Hier ist es windstill, ich mummle mich in die Decke, mache mir ein Bier auf und hole mein Notizbuch raus. Bereit zum Strichemachen. Meine Haare, der Parka, meine ganzen Klamotten stinken nach Rauch. Ich frage mich, warum ich vorhin noch geduscht habe, mache die Augen zu und lasse das Rauschen rein.

Irgendwo neben mir knallt ein Korken. Ich muss eingeschlafen sein. In einiger Entfernung sehe ich eine ältere Dame am Geländer lehnen und weiß sofort, dass das die Witwe ist, viel zu dünn angezogen und ohne Schuhe. Wir sind jetzt schon im Polarkreis. Und dann keine Jacke und ohne Schuhe. Wieso hat sie keine Schuhe an?
Ihre Haare sind feucht vom Nieselregen und hängen in Strähnen in ihr Gesicht, ihre Bluse liegt ermattet am Oberkörper. Sie ist offensichtlich schon eine Weile draußen. Sie hält eine Flasche Veuve Clicquot am Hals und trinkt einen Schluck. Kurz schwankt die schwere Flasche unter ihrem eigenen Gewicht.
Von hier sind die Augen der Witwe tiefe schwarze Kuhlen. Leer, furchtlos, feucht schauen sie aufs Meer.
Ich überlege, ihr meine Decke anzubieten. Als ich aufstehe, stoße ich meine noch halb volle Bierdose um. Ein kleiner See flutet das Beistelltischchen. Mein Notizbuch betrinkt sich. Ich versuche zu retten, was zu retten ist. Hastig tupfe ich einige Seiten mit meinem Ärmel ab.
Aber: zu spät.

Als ich wieder aufschaue, ist die Witwe weg, und ich stehe da, mit dem bierdurchtränkten Buch, in dem die Gedankenstriche verlaufen, die Julians und meine Geschichte erzählen. Striche, die erzählen, wie es war, als ich Julian bei strömendem Regen an einer Ampel mit unter meinen Schirm nahm, weil er da so verloren stand und bereits pitschnass war. Wie er »Danke« sagte, lächelte, und mich fragte, ob ich mit ihm in das kleine polnische Restaurant auf der anderen Straßenseite kommen möchte. Wie er einen Föhn bestellt hat für seine Haare, eine Suppe für seinen Bauch und Wodka für unsere Zungen. Striche, die erzählen von unserem ersten Kuss ein paar Stunden später und davon, wie es war, als er mir drei Wochen danach sagte, ich sei die Frau, mit der er Kinder und ein Leben haben wolle. Wie wir zusammenzogen in seine winzige Hinterhauswohnung und ein Nest hatten und glücklich waren. Striche, die von unserer Hochzeit erzählen. Davon, wie wir im Wald geheiratet haben. Ohne Staat und Kirche. Nur wir zwei. Mit Feuer, Wasser, Blut und Erde. Wie wir uns einander versprachen. Wie wir in eine neue, größere Stadt gezogen sind, weil Julian dort eine Arbeit nicht ablehnen wollte. Wie ich dafür mein Engagement am Theater löste, weil ich an seiner Seite sein wollte. Wie leer uns zu Anfang unsere neue Wohnung vorkam, weil wir so wenige Möbel hatten. Wie wir uns einrichteten im neuen Leben. Dinge teilten. Freunde hatten, die Kreise bildeten. Wie die Jahre vergingen und sich auch bei mir Erfolg einstellte, für den ich aber öfter wegfahren musste. Und wie ich einmal nach Hause kam nach einem längeren Dreh und er nicht da war. Mich nicht, wie sonst, bekochte und empfing. Und auch nicht ans Telefon ging. Wie er auswich, als ich ihn am nächsten Morgen fragte, wo er gewesen wäre. Und wie ich's eigentlich wusste in dem Moment und nicht wahrhaben wollte. Und

wie Julian sich zurückzog und dann einige Monate später sein *Ich liebe dich nicht mehr* sagte. Und zu feige war zu sagen: *Ich liebe eine andere.* Und wie Freunde es mir sagten und er im Dezember auszog. Noch vor Weihnachten.
Diese verlaufenen Gedankenstriche erzählen davon, warum ich auf diesem Schiff bin. Meine Augen sind verschmiert. Ich wische die Wimperntuschereste mit meinen Tränen in den Parkaärmel. Erschöpft sehe ich aufs Meer. Da. Ein Wal. Ganz sicher.

Lofoten. Nur wo sind die Lofoten: Unser Fenster ist an und überträgt grauen Nebel. Ich steige aus meiner Koje, Eileen ist schon weg, öffne die Duschklotür, es riecht nach Zähneputzen. Beim Pinkeln muss ich an die Witwe denken. Aus den Lautsprechern reißt mich das Signal in den Augenblick, ein schrilles Horn. Dann: *Attention crew, attention crew. Drill, drill, this is a drill, bravo, bravo, bravo. Attention crew, attention crew. Drill, drill, this is a drill...* Scheiße, scheiße, scheiße. Die Übung habe ich total vergessen. Ich spüle; springe, haste, knöpfe, schlüpfe, stülpe mich in meine Bord-Uniform. Ich klippe mein Namensschild an meinen Pullunder, greife meine Schwimmweste und meine *Identity-Card*. Tür auf, Tür zu. Rechts, geradeaus, Lächeln, links, geradeaus, links, rechts, Treppe hoch, Treppe hoch, Treppe hoch, rechts, rechts, geradeaus, links. Ich bin auf Position. Vor den Rettungsbooten. Deck 8, *Sammelbereich D*. Die zwei Stewards, die mit mir für diesen Sammelbereich zuständig sind, warten bereits. Ich ringe um Luft.
»Have they checked yet?«
»No.«
»Cool.«
»You are always late.«

»No, not always.«
»Yes, you are.«

Ich schaue zwischen zwei Booten über die Reling. Es liegen noch zwei andere Kreuzfahrtschiffe in der Bucht. Ein italienisches und ein amerikanisches. Ich beobachte die Tenderboote, die die Passagiere auf die Inselgruppe fahren. Auch von unseren Rettungsbooten pendeln einige zum kleinen Hafen nach Leknes, den man kaum erkennen kann: Es nieselt, die Wolken hängen sehr niedrig, von den Lofoten kann man gar nichts sehen. Ich stelle mir die Bewohner von Leknes vor, die regelmäßig von Kreuzfahrtschiff-Touristen überflutet werden, 7000 Passagiere könnten es allein heute werden.

Bis die Security uns überprüft hat, vergeht eine halbe Stunde. Ich gehe mit Umweg über die Crewmesse, erbeute einen Apfel und Kaffee, zurück in die Kabine. Eileen und Roberto liegen im Bett, knutschen, fummeln und gucken Fernsehen. Ich ziehe mich um und packe meinen Rucksack: Computer, Ladekabel, Portemonnaie, Buch, Apfel.
»You go to Leknes?«, fragt Roberto.
»The weather is shitty«, sagt Eileen und schaltet auf unser Fenster um. »Look!«
»I know. I need a walk«, sage ich und ziehe meinen Parka an. Checke die Taschen: Pass, Identity-Card, Telefon, Notizbuch, und nehme den Rucksack.
»See you later«, sage ich.
»Have fun«, sagt Eileen.
»Bye«, sagt Roberto.

Mittlerweile nieselt es nicht mehr, es regnet, die Wolkendecke hat sich etwas angehoben, man kann Ansätze von Bergen erkennen. Ich ziehe meine Kapuze über den Kopf und wanke den Anlegesteg entlang. Die Touristeninformation, ein kleines Gebäude am Hafenbeckenrand, platzt aus allen Nähten. Davor wuchert ein Regenschirmwald. An der Tür ist ein Schild angebracht: *No WiFi. No Toilet.*

In den kleinen Verkaufsräumen drängen sich Italiener, Amerikaner und Deutsche, die sich um Norwegerpullover, Rentierfelle und andere Souvenirs streiten. Ich lasse mir eine kleine Umgebungskarte geben, kaufe eine Postkarte, auf der die Lofoten ohne Wolken abgebildet sind, und eine Briefmarke.

Ich brauche ein Café mit Internet. Bis zum Stadtzentrum sind es 3,5 Kilometer. Viele Passagiere nehmen gleich wieder ein Tenderboot zurück. Been there.

Ich laufe los, die Straße entlang, einem kleinen Grüppchen hinterher, die sicher auch von der Crew sind und die auch Internet suchen.

Die Straßen sind gesäumt von saftigem Grün, das verschwenderisch blüht und in Deutschland Unkraut heißen würde. Hier wächst es so wild und groß und frei, dass jede Rose daneben langweilte.

Heute ist Sonntag: Das einzige Café in Leknes und der Supermarkt haben zu. Kein Internet. Kein Shampoo. Irgendwo soll es eine Tankstelle mit kleinem Kiosk geben. Die Crew-Leute drehen schlecht gelaunt wieder um. Ich laufe weiter zur Kirche und werde auf dem Weg dorthin von etwa einhundert Motorradfahrern hupend überholt. Alles Harleys mit überwiegend norwegischen und schwedischen Kennzeichen. Was machen all diese Biker am Ende der Welt?

Auf einem kleinen Hügel steht die rote Dorfkirche, sie ist ganz aus Holz gemacht. Die schwere Tür und ich brauchen einen Moment, um uns zu verständigen, aber dann gibt sie geräuschvoll nach und ich gelange ins Trockene. Im Kirchenschiff sind drei junge, flirrige Mädchen in Norwegerpullovern damit beschäftigt, die Sitzbankreihen an den äußeren Enden mit Blumen zu schmücken. Sie lachen und unterhalten sich laut. Vor dem Altar baut ein Mann mit Bart ein Mikrophon auf. Ich setze mich in die hinterste Reihe. Der Mann ruft den Mädchen etwas zu und eines von ihnen, die Größte, geht zum Mikrophon und beginnt, *Rolling In The Deep* zu singen. Sie hat eine Stimme, die mir Gänsehaut macht. Eines der anderen Mädchen schmückt die Reihe, in der ich sitze, unsere Blicke treffen sich. Wir lächeln uns an. Zwei Menschen und ein Blick. Nichts dazwischen. Dann dreht sie sich weg.
Ich kann die drei Mädchen nicht aus den Augen lassen, kann mich nicht an ihnen sattsehen. Sie sind wie das Unkraut am Straßenrand: Kräftig, wild und schön. Als sie mit der Schmückerei fertig sind, holt die Größte eine Gitarre und zu dritt üben sie ein norwegisches Lied.
Eine Familie in Tracht kommt herein und wird von allen begrüßt. Der Mann gibt den Erwachsenen die Hand, während er sie dabei in den Arm nimmt. Die Kinder düsen durch den Raum. Die Atmosphäre ist warm, bis man eine Gruppe Passagiere von unserem Schiff im Vorraum sprechen hört. Ich zünde ein Teelicht an, spende etwas Geld und verlasse die Kirche.

Nach Julians *Ich-liebe-dich-nicht-mehr* war mir alles egal. Ich wollte einfach nur weg. Die Wohnung, die Stadt, die Worte, alles verseucht von ihm und uns, da war kein Fleckchen, kein Millimeter mehr, der mich nicht sofort an seine Seite stellte, nicht an ihn erinnerte, der mir nicht das Fehlen, das *Nicht-mehr-wir* in meine Nerven brüllte. Ich aß nicht mehr, schlief nicht mehr, sprach nicht mehr, trank zu wenig Unalkoholisches. Ich verletzte mich an allem. Der *Noch-immer-unsere-Wohnung*. Am Zahnputzbecher. Dem stummen Telefon. Gerüchen. Und Gerüchen, die verblassten. An Musik. An Freunden und Bekannten, die es alle schon viel früher wussten. Ich verletzte mich an meinem Alter. An der Straße. An Büchern und Tageszeitungen. Der Post im Briefkasten. Der Post, die nicht mehr im Briefkasten war.

Es regnet noch immer, aber die Wolkendecke hat sich merklich angehoben, es scheint aufzulockern. Ich drehe mich noch mal um und mache ein Foto von der Kirche. Auf dem Rückweg zum Hafen komme ich an einer Kreuzung vorbei, an der ein hölzernes Schild bergaufwärts zum *Vista Point* weist. Man kann die Spitze des Berges nicht sehen, sie steckt in den Wolken. Ich folge dem Schild und checke die Uhrzeit: Um rechtzeitig wieder an Bord zu sein, muss ich das Tenderboot um 16 Uhr nehmen. Die Straße biegt ab, schlängelt sich, wird zum Weg, Asphalt wird zu Stein, wird zu Erde.
Vom Wegrand pflücke ich wilde Blumen und beginne, sie zu flechten. Zwei Tänzer kommen mir entgegen. Sie sagen *wow* zur Girlande, *beautiful* zur Landschaft und verabschieden sich. Ich mache aus der Blumengirlande einen Kranz, setze ihn mir auf und gehe weiter: Ich muss hier hoch. So hoch ich kann.
Der Weg wird zum Pfad. Unkraut und Birken werden zu Moos und Fels. Mit jedem Schritt sinke ich ein in die Landschaft. Regen wird zu Niesel. Niesel hört auf. Wolkenschichten werden dünner und lösen sich auf. Ich kann den Gipfel sehen und durch ein Loch das Blau, das tiefe, schöne Blau des Himmels.

Ich drehe mich um: Miniaturkreuzfahrtschiffe liegen in einer dunklen Bucht. Vom Miniaturhafen pendeln Miniaturtenderboote zu den einzelnen Schiffen. Satt und grün liegt das Land unter mir. Ohne es zu merken habe ich mich viele hundert Meter emporgearbeitet. Ich schaue auf mein Telefon. Weiter. Ich muss da hoch. Hoch. So hoch ich kann. Ich springe und federe im knöcheltiefem Moos, suche den Pfad, kann ihn nicht finden und es ist mir egal, oben ist oben.

Mit einem Stein grabe ich eine Kuhle in den Boden. Als sie groß und tief genug ist, kleide ich sie mit Moos aus, nehme das Notizbuch und lege es hinein. Auf das Buch lege ich einen Stein und ein paar Blüten von meinem Kranz. Dann lasse ich Erde und Steinchen durch meine Finger darauf rieseln. Asche zu Asche. Den Kranz obenauf.

Drei Mal tutet das amerikanische Schiff. Und fährt. Jetzt werden sie auf dem Wohlfühlschiff gemerkt haben, dass ich immer noch nicht wieder eingecheckt habe, dass ich die Kontrollen noch nicht passiert habe und nicht an Bord bin. Sie werden versuchen, mich anzurufen. Sie werden mich nicht erreichen. Der *Stage-Manager* wird dem *Entertainment-Manager* Bescheid sagen. Drei Mal tutet das italienische Schiff. Und fährt. Ich habe meinen Pass. Mein Telefon, ein Aufladekabel. Einen Computer. Das Ladegerät. Ich habe ein Portemonnaie mit norwegischen Kronen im Wert von etwa 20 Euro und eine Kreditkarte. Das letzte Tenderboot legt ab. Wenn es am Schiff ist und ich nicht drin bin, wird die *Kreuzfahrt-Direktorin* informiert werden. Sie wird die Polizei in Leknes anrufen und mich vermisst melden. Sie wird meine fristlose Kündigung bei der Firma in Zypern veranlassen. Alle entstandenen Kosten werden von meinem Gehalt abgezogen werden. Der Kapitän wird wie geplant ablegen, er bekommt Provision für gesparten Sprit und Sprit spart er, wenn er langsam fährt, und langsam kann er nur fahren, wenn er rechtzeitig oder sogar früher als geplant ablegt. Die Provision wird ihm am Monatsende auf sein Konto überwiesen werden.

Vereinzelt fallen Sonnenstrahlen durch die Wolkenlöcher. Ein Polizeiwagen fährt auf einer Straße. Ein Wasserfall rauscht irgendwo. Aus Miniaturhäuserschornsteinen steigt Rauch. Auf einem Campingplatz treffen sich Motorradfahrer. Ein Regenbogen spannt sich auf. Ich schlage meine Wurzeln in den Boden. Ich bin Unkraut.
Drei Mal tutet das deutsche Schiff. Und fährt.

WiLD
iSt
SCheU

Matte aus Schaumstoff
Isomatte
Schlafsack
Decke
Wasserkanister
Taschenlampe
Vogelbestimmbuch
Zeitungen
Notizbuch
Stift
Kalimba
Kleidung

Für Dich, B.
Ich schreibe alles auf.

TAG EINS

Ich weiß nicht, wie lange es insgesamt dauern wird. Dreißig Tage vielleicht, je nachdem. Ich bin mit dem Fahrrad hergekommen. Es waren knapp 70 Kilometer, die bin ich in einem Rutsch durchgefahren. Ging ohne Probleme. Das Fahrrad habe ich an einem Naturschutzgebietsschild angeschlossen. Der Schlüssel steckt noch. Vielleicht kann es jemand gebrauchen. Ab jetzt gehe ich zu Fuß. Ich fühle mich wie an der dünnsten Stelle eines Stundenglases. Zuhause ist nicht einmal mehr eine Adresse im Personalausweis. Heute ist der 19. Oktober.

TAG ZWEI
(20. OKTOBER)

Ich habe einen Hochsitz gefunden. Er steht an einer kleinen Lichtung am Rande des Waldes zwischen einer Eiche und einigen Tannen. Er ist gut erhalten und voll verdeckt. Ein Viersternehochsitz: sogar ein olles Kissen gibt es und Teppichreste. Den Boden habe ich mit Zeitungen ausgelegt, darüber die Matte, eine Decke und den Schlafsack. Einen Müsliriegel habe ich noch. Ich bewahre ihn auf.
Nachts ist es klamm. Aufgewacht bin ich zum ersten Mal seit langem ohne Wecker. Sanftestes In-den-Tag-gelangen. Rehe dann am späteren Morgen. Sie grasen wie in der Stille aufgehängt. Obwohl ich hier so gut versteckt bin, scheinen sie jede meiner Bewegungen zu bemerken und in die Welt hineinzuwittern. Zeugen meines Walddaseins. Sonne, die durch einen Sichtschlitz ins Innere fällt. Das Laub leuchtet wie angepinselt. Feucht ist es, die Spinnweben tragen Perlenketten. Eine Hochzeit für Pilze, wenn die Sonne länger rauskommt. Meine Sinne, immer noch auf Stadt eingestellt, halten sich an entfernten Motorengeräuschen fest und erschrecken beim Ruf eines Vogels und dem kleinsten Geraschel.

TAG DREI
(21. OKTOBER)

Das Gefühl des Hungers hat regelmäßige Gezeiten. Es teilt sich auf in Ebbe und Flut. Den Müsliriegel rühre ich trotzdem nicht an. Ich rieche jetzt den Wald, ich rieche den Herbst, den Moder. Blätter fallen. Der Wind zerrt und zupft an den Ästen und spielt mit seiner Beute. Am schönsten sind die Birken. Sie verschenken sich mit Leichtigkeit an dieses Spiel. Ganz anders die Eicheln über mir. Sie fallen mit grobem Gepolter auf das Hochsitzdach und lassen mich jedes Mal zusammenzucken. Heute keine Rehe. Den ganzen Tag über nicht. Dafür Sonne, Eichhörnchen und ein Starenschwarm von unglaublichem Ausmaß und tiefer Schönheit. Hast Du so etwas schon einmal gesehen? Ich bedaure, dass wir hier nicht gemeinsam sind. Bedaure es sehr.
Musste heute den Hochsitz doch noch einmal verlassen, musste mich entleeren. Erst wollte ich mich zwischen den Bäumen verstecken, dann hab ich's mir anders überlegt und mich mitten auf die Lichtung gehockt. Gesicht in die Sonne, Augen zu, es war herrlich. Bestimmt habe ich Sommersprossen bekommen. Wollte gar nicht wieder hoch. Als ich mich überwand und die Leiter hochstieg, brachen zwei Stufen. Auch andere sind morsch. Fast wäre ich gestürzt. Ich entziehe dem Hochsitz einen Stern. Habe ein paar Blätter aufgesammelt, die aus dem Laubmeer herausstachen und mir besonders schön gefärbt erschienen. Ich lege sie mit ins Buch.
Du fragst Dich, was ich hier die ganze Zeit so mache? Nichts. Und meine Tage sind davon sehr voll. Ich beobachte alles um mich herum. Ich lausche. Ich denke. Denke mir Konzentrationsübungen aus für die nächste Welle. Muss mir das Wasser besser einteilen. Ab jetzt nur noch einzelne Schlucke.

TAG VIER
(22. OKTOBER)

Ich bin mit Mundgeruch und einem Ohrwurm von Depeche Mode aufgewacht. *Personal Jesus*. Überlege, wie das mit meinem Traum zusammenhängt: Ich war in einem Restaurant und bestellte Speisen von einer Karte, wartete, aber dann kam drei Stunden lang der Kellner nicht wieder und auch kein Essen. Ich ging in die Küche und wollte mich beschweren, aber die war leer. Durch den Hinterausgang verließ ich das Gebäude und fuhr mit einem Fahrrad auf einer Straße. Du kamst mir entgegen auf einem Motorrad, glaube ich. Als wir auf gleicher Höhe waren, hielten wir an, und am Straßenrand lag ein frisch geborenes Fohlen. Es war noch ganz knautschig und eingerollt und hatte viele Falten in seinem feuchten Fell. Ich streichelte es am ganzen Leib, während Du an seinen Ohren eine Markierung suchtest, um herauszufinden, wem es gehörte. Aber da war keine. Ich freute mich darüber, Dich machte das misstrauisch.
Your own personal jesus / someone to hear your prayers / someone who's there.
Kann nur den Refrain und bin verwirrt von diesem Traum. Finde den Eingang in die Wirklichkeit heute nicht. *Reach out and touch faith ...*
Draußen ist's bedeckt, drinnen hageln mir weiter Eicheln in die Seele.

Habe Hunger. Immerzu denke ich ans Essen. Vorhin glaubte ich kurz, es rieche nach Bratkartoffeln. Eine Geruchs-Fata-Morgana. *Fata Morgana*. Das Wort hab ich als Kind so geliebt. Dachte es aber: *Vater Morgana*. Und stellte mir den gütigsten Übervater vor. Der hatte alles, was der prügelnde

Neue meiner Mutter nicht hatte. Keine Bierfahne. Keine Wut. Keinen Penis. Vater Morgana war das genaue Gegenteil. Morgana klang so exotisch, so fremd, dass es einen magischen Sog auf mich ausübte. Ich wollte unbedingt mal in die Wüste, um ihn zu erleben, den Vater Morgana. Vielleicht ist dieser Wald meine Wüste geworden.

Hab hier mal etwas aufgeräumt. Klarschiff gemacht. Der Rucksack ist mein Kleiderschrank, die Schuhe hab ich hier drinnen ausgezogen. Kalimba, Vogel- und Notizbuch liegen neben dem Kopfende. (Ist es nicht seltsam, dass man sich immer ein System sucht, eine Ordnung sucht, eine Möglichkeit des Haltfindens und sei's in kleinsten Ritualen?) Dass ich keine Zahnbürste mitgenommen habe, war ein Fehler: Mit den Nägeln kratze ich mir Belag von den Zähnen. TMI. Sorry. Es ekelt mich ja selbst.

Mein Kopf wummert. Hab ein Buch mit dem Titel *Was fliegt denn da?*, aber keinen *Was wächst denn da?*-Ratgeber. Ich versuch's Dir mal zu beschreiben: Bäume und Gras, Moose und Farn. Pilze. Bäume sind: Eichen, Birken und Tannen, mehr weiß ich nicht. Gras ist Gras, Farn ist Farn und Moos gibt's in zwei Sorten. Meine Güte, bin ich ein Stadtkind. Zumindest erkenne ich die großen Tiere.

TAG FÜNF
(23. OKTOBER)

Flut, Flut, Flut. Rasende Kopfschmerzen seit dem Aufwachen. Hungergefühl. Mein Mund ist so trocken und birgt einen Geschmack von Metall, dass mir schwindelig wird. Ein Rotkehlchen saß am Morgen in einem der Schießschlitze und sah mich mit schräg gelegtem Köpfchen an. Ich traute mich kaum zu atmen. Unter den roten Brustfedern des Vogels sah ich seinen raschen Herzschlag und musste weinen.
~~Ich h~~
Du fehlst mir so.
Sehr. Sehrer. Am sehrsten.
Ich beruhige mich mit einfachen Melodien.
Letzte Nacht hörte ich ein Rufen. Das muss ein Uhu gewesen sein oder ein Waldkauz, habe ich heute im Vogelbestimmbuch nachgelesen. Die Bilder sehen so putzig aus, kaum vorstellbar, welche Angst mir der Ruf in der Nacht eingeflößt hatte. Er klang so unheimlich, wie aus einer anderen Welt. Was hier nachts alles los ist ... Mir ist aufgefallen, dass die Erde unterhalb des Hochsitzes ganz aufgewühlt ist. Waren das Wildschweine? Und gleich kommt mir ein furchtbarer Gedanke: Jagdsaison. Ich habe die Lichtung beobachtet. Wieder keine Rehe. Unter der Eiche, dicht am Stamm, ist ein kleiner Fliegenpilz gewachsen. Irgendwo klopft immerzu ein Specht. Den Rest des Tages denke ich mir Speisen aus und sehe einer Kreuzspinne zu, wie sie ihr Netz in die Ecke eines Schießschlitzes webt. Wie geschickt sie das macht. Warum ist mir das nie zuvor aufgefallen. Ich taufe sie Helmine.

TAG SECHS
(24. OKTOBER)

Letzte Nacht bin ich mehrmals aufgewacht. Im Traum hattest Du meinen Namen gerufen, so laut, dass ich davon aufschreckte und lange nicht wusste, wo ich bin. Danach konnte ich kaum mehr einschlafen, sank immer nur kurz wieder weg und träumte von Essen. Hörte am frühen Morgen den Uhu wieder in der Nähe. Irgendwann dann das erste Licht. Nebel über der Lichtung und in ihm: die Rehe. Zwei kamen sehr nah an den Hochsitz. Ihre Augen. Diese Wimpern. Lauter Reflexe in mir, ihnen um den Hals zu fallen. Dann knurrte mein Magen und verscheuchte sie und mit ihnen auch die anderen. Zwar werden die Abstände zwischen den Gezeiten größer, dafür die Hungerwellen heftiger. Habe den Müsliriegel vorhin mit Wut runter auf die Lichtung geworfen. Den brauche ich nicht als permanente Versuchung um mich herum. Leider war ich zu dämlich, ihn vorher auszupacken, so haben auch die Tiere nichts davon.
Helmine hat sich irgendwo versteckt. Oder macht Winterschlaf. Winter. Sehr lustig. Daran ist ja tagsüber gar nicht zu denken. Es ist heute am Tag so mild, dass ich hier im T-Shirt sitzen kann. Ende Oktober im T-Shirt. *Jahrhundertherbst.*
Habe angefangen, seitenweise die alte ZEIT unter der Matratze hervorzuholen und darin zu lesen. Ein Bild habe ich aus dem zuvor völlig ignorierten Kunst-Teil des Feuilletons ausgerissen und über dem Kopfende meiner Matratze an der Holzwand befestigt. Da war ein kleiner Harzfleck und das Zeitungspapier klebt hervorragend daran. Das Bild zeigt ein Gemälde von Frida Kahlo. Es heißt *Der verletzte Hirsch*. Es ist eine Art Selbstportrait, vielleicht kennst Du es sogar, es zeigt Frida Kahlo als einen Hirsch im Wald. Also den Hirsch mit

Fridas Kopf. In seinem Leib stecken neun Pfeile. Hah! Faust aufs Auge.

Es ist nachts jetzt sehr kühl, heute ist wohl Neumond, der Himmel dunkel und klar, ich kann Orion erkennen, das ist wie ein Anker. Ich stelle mir vor, wie Du schläfst. Das hat sich unauslöschlich in mich eingebrannt. Schalte jetzt die Taschenlampe aus. Und lege mich.

TAG SIEBEN
(25. OKTOBER)

Entfernte Schüsse in der Morgendämmerung: Also doch Jagdsaison! Jetzt habe ich Angst vor Jägern und wieder einen bitteren Geschmack auf der Zunge. Was ist das nur? Galle? Was, wenn mich ein Jäger findet? Was erzähl ich dem? Hallo Herr Jäger, ich hab's mir hier mal etwas bequem gemacht? Heute wieder Nebel. Er liegt über der Lichtung wie ein Laken. Gegen Mittag zerreißt die Sonne es. Bisher keine Rehe. Rückwärts heißt Nebel Leben, ist Dir das schon mal aufgefallen? Bin sehr müde, leg mich noch mal kurz hin.

Denk Dir! Ein FUCHS. Gerade eben habe ich ihn gesehen! Bin aufgewacht und hörte ein komisches Geräusch. Sofort habe ich durch den Schlitz zur Lichtung hin geschaut und ihn beim Jagen beobachten können. Ich glaube, er war auf eine Maus aus. In seltsam hohen Bögen sprang er von oben auf seine Beute. Konnte mir ein Lachen nicht verkneifen. Und als da Geräusche aus meinem Mund kamen, waren die wie fremd, mein Mund nur noch eine Öffnung, aus der etwas herausdrang. Heiser rauspolterte in die Welt. Nicht nur der Fuchs, auch ich wunderte mich darüber. Wie lange ich schon nicht mehr gesprochen habe, oder andersrum: Dass ich jemals sprach. Geschweige denn Lieder sang.
Habe im WISSEN-Teil einen interessanten Artikel über Hirnforschung gefunden. Und überhaupt noch einige Bilder und Fotos, mit denen ich meine Wände hier weiter geschmückt habe. Ein Portrait von Romy Schneider ist darunter. Der Fotograf Gundlach hat es aufgenommen. Es zeigt das ungeschminkte Gesicht des Filmstars. In ihrem Blick liegt alles, was ich nicht ausdrücken kann.

TAG ACHT
(26. OKTOBER)

Wird langsam richtig kalt nachts. Vor allem, wenn der Wind hier durchpfeift. Manchmal krümmt es mich richtig, vielleicht liegt das auch am Hunger. Wache oft auf. Dann höre ich, wie der Uhu ruft. Das klingt so schaurig, und ich sag mir immer wieder, dass es nur ein Vogel ist ... Ich träumte, dass ich in einem Ei lag. Den Rest habe ich vergessen. Helmine, meine Mitbewohnerspinne, sitzt wieder in ihrem ramponierten Netz. Über der Lichtung, na, rate, genau: Nebel. Mit mir ist heut nicht viel.

TAG NEUN
(27. OKTOBER)

Angeblich sehen wir nur ein Grad unseres Gesichtsfeldes scharf. In diesem einen Grad: Regen. Vermutlich auch in den 359 anderen. Draußen ist zu, also geht's drinnen weiter. Diashow im Kopf. Unter meinen Federn pocht die Angst. Nach all den Jahren noch und hier.

Sie denken, ich sei umgezogen. In gewisser Weise bin ich das ja auch. Eigentlich weiß ich gar nicht, wen ich genau meine mit *sie*. Meinen Vermieter? Das Amt? Die Wölfe? Die Gesellschaft? Es wär nur anständig, wenn Du jetzt hier auftauchtest. B., komm her, leg Dich zu mir.

TAG ZEHN
(28. OKTOBER)

Gehirnforscher haben herausgefunden, dass wir permanent in der Vergangenheit leben. 0,3 Sekunden zu spät, um genau zu sein. Wir sehen also nicht das, was wirklich da ist, sondern, das, was nach Auswertung der Reize, die im Hirn ankommen, von unserem Unterbewusstsein als Wirklichkeit konstruiert wird. Wobei das Unterbewusstsein ein aufgrund seiner Erfahrungen erwartbares Bild der Wirklichkeit entwirft. Das dauert eben seine Zeit. 0,3 Sekunden. Wusstest Du das?

0,3-Sekunden-Wirklichkeiten:
Mein Ex-Vermieter.
Herr Böhme, Mitte fünfzig, übergewichtig, fleischige Haut. Er trägt einen sandfarbenen Trenchcoat, Schnurrbart und eine Herrenhandtasche. Nennt mich mit Unterton eine *attraktive junge Frau*. Schreibt mir die Attribute *höflich* und *pünktlich* zu, bedauert meine Kündigung und spielt währenddessen mit seiner Hand in der Hosentasche.

Das Amt.
Ein Wald von Mitarbeitern, deren Namen und Zuständigkeiten schneller wechseln als meine Anliegen. Frau Schrader. Herr Muess übernimmt. Dann Herr Beilhartz. Der hat aber nicht alle Akten. Wieder Muess. Personalwechsel. Frau Griese, Bereichsleiterin. Man ist nur noch eine Kontaktnummer in einem Apparat, der mit Effizienz wegsortiert.

Die Wölfe.
Sie haben ihre Pfeile auf mich abgeschossen. Haben ihre Meute auf meine Spur gehetzt. Sie haben sich tief in mein Fleisch geschlagen, mein Blut getrunken, mich mit Dreck beworfen, mich angespuckt, ihr Sperma in mich hineingepumpt. Sie haben meine Knochen gebrochen, meine Stimme geraubt, meinen Blick verzerrt und meine Träume gekapert. Doch mein Geweih sitzt, kronengleich, noch immer auf meinem Haupt. (Das ist doch seltsam. Findest Du nicht?)

Schwupp. Vorbei der Tag. Wieder einer. Der Mond schwebt als schiefe Sichel in der Dämmerung. Eine Trostkrümmung, in die man sich legen mag.

TAG ELF
(29. OKTOBER)

Es ist jetzt Ebbe. Etwas ist geschehen. Fühle mich sehr leicht. Fast durchsichtig. So, als habe ich nicht einmal mehr eine Haut. Hast Du mal *Ecstasy* genommen oder eine Erleuchtung gehabt? Meine Sinne sind klar wie ein Kristall. Ich höre die Blätter fallen. Ich höre die Rehe grasen. Heute waren es vier. Ich höre meine Haare wachsen und mein Blut in den Adern. Ich sehe gestochen scharf. Wieder milde Herbst-Pastell-Sonne. Das meiste Laub liegt nun unten. Wie ein Goldteppich, den man zur Feier unter die Bäume gelegt hat. Drüber der prachtvoll blaue Himmel. Überall Farben. Alles strahlt. Was für ein Tag!
Das kann doch wohl nicht wahr sein: Ich preise die Schöpfung, den Fall der Fälle! Herr Wittgenstein, jetzt sagen *Sie* doch mal was.

Die Gehirnforscher haben auch herausgefunden, dass wir eigentlich gar keinen freien Willen haben, sondern unser gesamtes Handeln bestimmt ist von einer gigantischen Rechenleistung unseres Unterbewusstseins. Selbst wenn wir denken, wir entscheiden etwas spontan, hat unser Gehirn das alles vorher schon durchgerechnet. Unser Bewusstsein findet dann angeblich nur auf der Außenrinde statt, aber es verbraucht Unmengen an Energie. Eine kostspielige PR-Aktion des Gehirns, damit wir denken, wir hätten die Zügel in der Hand. Gefällt mir. Kommentieren. Teilen.

Ein Eichelhäher (was für ein schöner Vogel) vergräbt unten am Rand der Lichtung Eicheln im Boden. Ich habe Lust, ihm zu helfen.

TAG ZWÖLF
(30. OKTOBER)

Bin gestern runter. Wegen dem Eichelhäher. Wollte aber auch noch mal in der Sonne stehen, mitten auf der Lichtung. Zwei Eichhörnchen machten mir große Freude und führten eine Jagdszene für mich auf. Immer wieder ging es rund und rund auf einem festgelegten Parcours. Das englische Wort für Eichhörnchen passt so viel besser: *squirrel*. Ich war sehr glücklich. Brauchte dann viel Kraft, um wieder auf den Hochsitz zu gelangen. Die zwei gebrochenen Stufen stellten auf dem Weg nach oben eine schier unüberwindbare Hürde dar. Die ersten Versuche scheiterten. Ich ging zurück auf die Lichtung, um mir etwas zu überlegen, und fand zufällig den Müsliriegel. Hab ihn eingesteckt und mir dann einen größeren Ast mit Gabelungen gesucht. Den habe ich unten an die Leiter gelehnt, und versucht, eine Astgabel als Tritt zu benutzen. Der Ast brach ab. Ich wurde so wütend. Schließlich habe ich mich, wie früher im Turnunterricht an der Kletterstange, seitlich an der Leiter zentimeterweise hochgezogen. Als ich endlich oben war, hämmerte mein Herz noch Minuten lang, und aus dem Magen kam mir schlimm schmeckende Säure in den Mund. Ich aß vom Müsliriegel und erbrach es wieder. Dadurch, dass ich mich hier nicht wirklich bewege, bauen meine Muskeln vermutlich sehr schnell ab. Meine Nieren schmerzen stark. So lange bin ich doch noch gar nicht hier. Nicht mal zwei Wochen. Erstaunlich, wie schnell das geht. Ich merke, dass ich dünn geworden bin. Meine Hose rutscht. Einen Gürtel habe ich nicht mitgenommen. Bin heute völlig gerädert. Ich kann kaum denken, dabei war gestern alles so klar in mir. Solcher Frieden. Allein das Schreiben strengt mich heut schon an. Ich ruhe mich jetzt aus.

TAG DREIZEHN
(31. OKTOBER)

Letzte Nacht gab es den ersten Frost. Das kam überraschend. Heute Morgen war die ganze Lichtung eingefroren, die Grashalme verziert mit Rauhreifkältesplittern. Alle Spinnennetze unbewohnt und auch sonst kaum ein Tier, den ganzen Tag lang nicht. Wieder Schüsse im Morgengrauen. Diesmal ziemlich nah. Vielleicht traut sich deswegen keines in die Nähe. Heute fiel das letzte Laub von den Bäumen und der Wald wirkt jetzt traurig kahl. Irgendwie nackt. Man kann die Nester sehen. Alle verlassen. Wo bleiben denn die Vögel im Winter? Können doch nicht alle ziehen wie die Stare.

B., ich habe ein Lied für Dich gemacht.

TAG VIERZEHN
(1. NOVEMBER)

Heute wär fast alles aus gewesen. Ein Vater ging mit seinem Kind im Wald spazieren, ich hörte sie schon von weitem und zog mich ganz in eine Ecke zurück. Versteckte mich und hielt die Luft an, damit keine Atemwölkchen mich verrieten. Natürlich kamen sie auf die Lichtung und direkt zum Hochsitz. Der kleine Junge wollte unbedingt raufklettern, mein Herz flatterte wie verrückt, aus Angst, entdeckt zu werden, und dann auch noch von einem Kind. Meinen Anblick würde ich gern jedem ersparen. Zum Glück sah der Vater die gebrochenen Stufen und meinte, *der Hochsitz ist morsch* und es sei zu gefährlich. Widerwillig und nur mit Gemaule folgte der Kleine seinem Vater weiter. Zum Glück waren beide bald von etwas Neuem angezogen.

TAG FÜNFZEHN
(2. NOVEMBER)

Hochgefühle auf dem Hochsitz: gar kein Hunger mehr. Habe mein T-Shirt zerrissen und einen Gürtel daraus gemacht. Das hat fast den ganzen Tag gedauert, aber die Hose sitzt jetzt wieder besser. Trage alle Pullover übereinander. Bin eine Pulloverzwiebel. Außen der selbstgestrickte, den Du nicht mochtest. Es ist der größte, darum. Komme mir so unbeweglich vor wie eine Weltraumfahrerin im Raumanzug. Innen drin trotzdem Schwerelosigkeiten. Einziges Problem: Bald ist mein Wasserkanister leer. Muss mir was überlegen. Ich muss mir eine Vorrichtung bauen, mit der ich Regenwasser auffangen kann.

TAG SECHZEHN
(3. NOVEMBER)

Habe mit Mütze und Handschuhen geschlafen und lange gebraucht, um wach zu werden. Kopfschmerzen. Meine Zunge ein trockener fauliger Fremdkörper im Mund. Muss an das pelzige Innerste von Artischocken denken. Klägliche Versuche, Speichel zu produzieren: Ich denke an die leckersten Speisen, die mir einfallen, aber nix, mein Mund bleibt trocken wie ein Bärenfurz. Die Zunge schwer und fremd. Ich würd sie mir am liebsten einfach rausreißen. Überflüssig gewordenes Ding, das sie jetzt ist. Und ich Shakespeares Lavinia durch und durch.

Aus einer Plastiktüte, die noch in meinem Rucksack steckte, und ein paar Zweigen vom Dach des Hochsitzes habe ich einen Trichter gebaut, dessen Ende in den Kanister führt. Die Tüte habe ich außerhalb des Sichtschlitzes mit meinen Schnürsenkeln befestigt. Jetzt kann der Regen kommen. Mein Wasser reicht noch für zwei, drei Tage. Immerhin. Der Rest ist Fernsehen: Die beiden Eichhörnchen führen wieder ihr Schauspiel auf und jagen sich gegenseitig um die Lichtung. Sie haben den einen festgelegten Weg, den sie immer wieder nehmen. Ich zweifle an ihrer Intelligenz.

TAG SIEBZEHN
(4. NOVEMBER)

Heute früh wieder Schüsse. Und später sah ich es: Unten im Gras vor mir auf der Lichtung liegt etwas. Ein Federhaufen. Ein Vogel. Hab ihn entdeckt, als ich nach meiner Wasserauffanganlage geschaut habe. Kann die Art nicht genau erkennen. Aber er ist groß. Und tot. Wer schießt denn Vögel so tief im Wald und lässt sie dann auch noch liegen? Habe Angst, dass irgendwann ein Rauhhaardackel auftaucht mit Jäger im Schlepptau. Ich bin ganz leise und mache mich klein.

TAG ACHTZEHN
(5. NOVEMBER)

Der tote Vogel liegt noch da. Dass sich den kein Tier geholt hat. Es weht und stürmt da draußen und ist kalt, als ob Gott den Schalter umgelegt hat auf *Herbst, volle Stufe*. Nierenschmerzen beim Liegen. Wasserauffanganlage wieder abgebaut, wegen befürchteter Sturmschäden.

Die Gesellschaft.
Umfeld, für das mir, besonders seitdem Du weg bist, schleichend die Kompetenz abhandengekommen ist. Ich hatte nie einen Fernseher. Keine Kreditkarte. Und keinen Dispositionskredit. Das DU, die Relation, hat sich im Großen selten eingestellt. Und wenn sie mir gesagt hat: Uns geht's doch gut, dann wusste ich: Da ist aber nicht mein Platz, im Innern dieses Chores.

TAG NEUNZEHN
(6. NOVEMBER)

Der tote Vogel liegt noch immer da.
Regen. Endlich. Möchte Tänze aufführen.
Auffanganlage wieder in Betrieb.

TAG ZWANZIG
(7. NOVEMBER)

Bin vollkommen erschöpft. Dachte nicht, dass ich diesen Tag noch erlebe. Vollmond.

TAG EINUNDZWANZIG
(8. NOVEMBER)

Es ist eine Eule!

Hatte gestern immerzu auf den Vogel geschaut. Er tat mir leid, wie er so dalag im Regen. Und dann wusste ich auf einmal, dass ich ihn zu mir hoch holen muss. Hab die Auffangvorrichtung abbauen müssen, weil ich die Schnürsenkel wieder für die Schuhe brauchte. So umständlich alles. Habe mir mit einem Rucksackgurt eine Schlaufe gemacht und sie über den gebrochenen Leitersprossen befestigt, damit ich wieder hochkomme. Bin runter nur in Unterwäsche und mit Schuhen, weil ich nicht wollte, dass meine Hosen und die Pullover nass werden. Allein das Ausziehen hat bestimmt eine Stunde gedauert, von der ich mich erholen musste. Dann war es so kalt im Regen, kälter als unser Bad in der Ostsee im Oktober vor zwei Jahren. Als ich endlich unten war, musste ich wieder eine Pause machen. Hämmernder Schädel, hämmerndes Herz. Habe einige Blätter abgeleckt, dann ging es besser. Die Kälte kroch regelrecht in mich rein. Bin auf allen Vieren hin zum Federhaufen. Bestaunte die Eule.
Hab sie sofort untersucht. Sie hatte keine Schuss- und keine Bisswunde, ist aber voller Erdbröckchen gewesen. Auch unter den tieferen, noch trockenen Federschichten fand ich Erde. So, als sei sie schon einmal beerdigt worden. Habe mein Unterhemd ausgezogen, sie darin eingewickelt und mir um den Bauch gebunden. Dann Aufstieg mit Eule auf den Mount Everest. Zeit wird zu etwas ganz anderem jetzt. Alles ist mühevoll und dadurch langsam: raus aus der nassen Unterhose, rein in die trockene Kleidung. Mit toter Eule eingeschlafen. Dachte, ich würde nicht mehr aufwachen.

War heute kaum in der Lage, die Auffanganlage wiederaufzubauen. Als ich endlich damit fertig war, es war längst dunkel, hörte der Regen auf, es wurde klar und damit leider auch arschkalt. Ich mache jetzt die Taschenlampe aus.

TAG ZWEIUNDZWANZIG
(9. NOVEMBER)

Die Luft ist klar, und obwohl die Sonne scheint, wirkt sie wie eine kraftlose Lampe. Frühmorgendlicher Nebel. Müde bin ich, aber im Liegen tut mir alles weh. Nieren. Leber. Meine Haut ist wie Pergament geworden. Jeder Vorgang kostet. Mir ist, als schwanke der ganze Hochsitz. Es ist wieder etwas Wasser im Kanister. Neben mir die Eule mit ihrem Todesrätsel.

TAG ~~ZWEI~~ DREIUNDZWANZIG
(10. NOVEMBER)

Meine Eulentheorie: Da sie keine äußeren Verletzungen hat, vermute ich, dass sie überfahren und dann oberflächlich beerdigt wurde. Ein Tier hat sie wieder ausgegraben und zum Fressen auf die Lichtung gebracht, dann kamen die Gewehrschüsse des Jägers und verjagten das Tier. Es war der Fuchs. Meine Theorie nach langem Überlegen. Vielleicht ist es wirklich so gewesen. Nun liegen wir hier und es ist egal.
Manchmal gelange ich an eine Kante. Dann fühlt es sich an, als schiebe sich ein Wissen um eine andere Existenz in mich, wie eine zweite Welt unter der ersten. Ich kann es ganz schlecht beschreiben. So, dass ich kaum mehr ein Bewusstsein dafür aufbringe, wer ich bin oder war. Als sei ich kurz davor, eine gigantische Lebenslügenpappwand umzuwerfen. B., ich könnte jetzt wirklich Deine Hilfe gebrauchen.

TAG VIERUNDZWANZIG
(11. NOVEMBER)

Ich verdaue mich selbst. Erinnerungen rückwärts nach Wichtigkeit: #17: Wir sitzen im Schatten einer Pinie am slowenischen Meer. Vor uns Oliven, Brot, Käse und das Versprechen eines Sommers. #16: Mit Dir auf gefrorenem See bei Vollmond. #15: Als ich mir den kleinen Zeh an der Klotür gestoßen habe und vor Schmerzen zusammensank und Du mir einen Eiswürfel brachtest. #14: Als wir zur Hochzeit Deiner Schwester wollten und eine Parkkralle am Wagen hatten und Du nicht ausgeflippt bist. #13: Wir schwimmen im Wellnessbereich eines Luxushotels zwischen Badekappenrentnern um die Wette. #12: Berghütte im Allgäu. Draußen liegt tiefer Schnee. Drinnen liegen wir. #11: Dein Bart in meinem Nacken. #10: Wie wir den Drachen gebastelt haben an der Ostsee, und dass er flog, obwohl ich nicht dran glaubte. #9: Raumfahrerquartettspielen im Bett. #8: Nachts in unserer Küche mit Kerze und selbstgemachtem Kartoffelbrei. #7: Als Du mich gehalten hast, nachdem ich von den Wölfen träumte. #6: Wir beide im Bad auf dem Boden und wie wir die zwei Streifen im Schwangerschaftstest anstaunen. #5: Als wir sechs Wochen später das Baby verloren und uns zum Trost eine Schokoladentorte buken mit drei Etagen. #4: Dein Lachen und Deine Küsse. Immer. #3: Als Du mir gesagt hast, dass Du mich sehen kannst, wie ich bin. #2: Als ich zum ersten Mal Deine Stimme hörte. Mitten in meine Ohnmacht rein. #1: Deine Beerdigung.

TAG FÜNFUNDZWANZIG

Warum ich hier bin, willst Du wissen. Als die Polizisten klingelten, hatte ich noch den Morgenmantel an. Du warst ja eine Stunde vorher erst los. Ich wollte gerade am *Hafenbild* weitermalen und mir noch einen Kaffee machen, in mir war ein *Heute mach ich es fertig!* Dann klingelte es, ich weiß nicht mehr, was ich dachte, wer da klingelt. Aber dann gingen die Münder von den Polizisten auf und heraus kam Deine Leiche. Im Nachhinein: Die Sirenen Deines Rettungswagens hatte ich sogar gehört, aber nicht mit meinem Leben verknüpft. So schnell geht das. Ich habe wirklich versucht, auf den Beinen zu bleiben und meine Würde zu behalten. In den ersten Wochen, in denen der Schock größer war als die Trauer, ist mir das gelungen. Danach ...
Ich zog in eine kleine Wohnung. Kein Platz zum Malen. Die Bilder habe ich alle in die Galerie gebracht. Ausstellungen abgesagt. Mietete ein Atelier. Malte. In mir war nur Schwarz. Zig Leinwände habe ich damit vollgebrüllt. Dann war ich leer und legte die Pinsel weg. Für immer, wie ich jetzt weiß. Mein Geld ging aus. Ich ging zum Amt. Meine Wohnung war dann zwei Quadratmeter zu groß. Ich musste wieder umziehen. In einer Hochhaussiedlung fand ich eine genügend kleine und genügend billige Wohnung. Da bin ich eingegangen. B., darum bin ich hier. Müde bin ich.

26

Hat jemand mal den Wochentag zur Hand? Bist Du mein Vater Morgana? Ich suche meine Koordinaten.

Schnee. Der erste Schnee.

FINDLING

Du bist der, der mich gefunden haben wird. Ich schreibe dir dies auf. Ich bin die, die hier liegen wird. Ich will dir erzählen von den Meinmeinen, und von der, die ich gewesen bin. Ich wurde hier geboren. In dem Bett, in dem du mich finden wirst. Der Name, den meine Eltern mir gaben, ist Asja. Ich bin Asja. Die Meinmeinen sagen Asjenka, weil ich die Jüngste bin aus dem Leib unserer Mutter.
Asjenka habe ich lang nicht mehr gehört. Seitdem Gott meinen Bruder Sascha zu sich geholt hat nicht mehr. Achtzehn Winter sind seitdem vergangen und ich bin nun die Letzte. Ich bete jeden Tag drei Mal laut und ein Mal leise. Ich erzähle jeden Morgen dem Wald meine Träume.

Ich habe meine Mutter begraben. Ihr Name war Alexandra Jakowna Dimitrijewa. Ich habe meine Schwester begraben. Ihr Name war Natascha Alexejewa Dimitrijewa. Ich habe meinen älteren Bruder begraben. Sein Name war Nikolaj Alexejewitsch Dimitrijew. Ich habe meinen Vater begraben. Sein Name war Alexeij Dimitrijew. Und ich habe meinen jüngeren Bruder begraben. Sein Name war Sascha Alexejewitsch Dimitrijew. Das sind die Meinmeinen. In dieser Reihenfolge hat Gott sie geholt. Sie liegen auf dem Berg hinter der Hütte in ihren Gräbern unter ihren Kreuzen. Sie sollen nicht vergessen sein.

Ich bin Asja. Dies ist mein siebzigster Winter. Ich lebe hier. Hier wurde ich gezeugt und geboren, hier im Drinnen, so wurde mir erzählt. Das Drinnen ist die Hütte. Alles andere ist das Draußen, ist der Wald, ist die Tiere, ist, was wächst, ist der Regen, ist der Schnee, ist der Wind, ist die Sonne, ist der Mond, ist die Sterne. Das Drinnen ist aus dem Draußen gemacht. Wir haben alles selbst erschaffen, aus Bäumen, aus Pflanzen, aus Häuten von Tieren. Von der Zeit davor sind nur noch die heilige Bibel und ein Kessel ohne Boden.

Das Draußen hört nicht hinter den Bäumen auf. Auch nicht hinter dem Berg oder dem nächsten Berg. Gott hat das Draußen sehr groß gemacht. So groß, dass man es mit einem kleinen einzelnen Leben nicht erfassen oder durchlaufen kann. Es gibt noch mehr als das Draußen, das ich kenne.

Das Draußen hinter dem Draußen ist auch eine enge Versammlung mit vielen Menschen und Sünden. Stadt ist der Name davon. In einer Stadt stapeln sich Drinnen aus Stein. Haus ist der Name davon. In diesen Steindrinnen leben Menschen über- und untereinander, damit sie nicht frieren und auch alle reinpassen in die Stadt. Gleich den Kaninchen in einem Stall, so hat Mutter es gesagt.
Das Draußen ist auch eine Versammlung von vielen Städten und Flüssen und Wäldern. Land ist der Name davon. Ein Land hat eine Grenze. Damit man sie sehen kann, bauen die Menschen eine Mauer oder einen Zaun. Aber eigentlich kann man sie nicht anfassen. Sie ist im Kopf drin. Die Flüsse und die Tiere wissen das nicht.
In der Stadt werden auch Sachen gemacht, wie Messer und Medizin.
In den Ländern wird Krieg gemacht und Frieden. Erst hauen sie sich tot, bis dann Ruhe ist. Wie die anderen Länder heißen, habe ich vergessen. Um mich herum ist auch ein Land. Russland ist der Name davon.

Von alldem merke ich nichts. Ich fühle kein Land. Ich fühle nur Gottes Schöpfung. Um mich herum ist nur dieses Drinnen und dann Draußen und in allem ist Gott. Gott ist im Regentropfen genau wie im Wildschweinkot oder im Mond. Prawoslawie. So haben es die Meinmeinen gelehrt.

Es begab sich aber zu der Zeit, dass Mutter und Vater aus einer Stadt hierherkamen. Und sie erschufen das Drinnen. Ihre Stadt war weit weg, dort hatten sie auch ein Drinnen aus Stein gehabt, nicht aus Bäumen. Auch in ihrem Drinnen haben sie sich gestapelt.

In der Stadt gab es keinen Wald und keine freien Bodentiere. Nur Lufttiere wie zum Beispiel Vögel oder Schmetterlinge waren in der Stadt frei. Vater und Mutter waren auch nicht frei. Weil sie einen Glauben hatten, den die anderen ihnen wegnehmen wollten. Und so geschah es, dass sie geflohen sind, weil Gott ihnen näher war als die Menschen in der Stadt. Mit Natascha und Nikolaj auf dem Rücken. Mit der Bibel, mit Saatgut und Messern und Kesseln und Werkzeug und Fellen und Decken und Stoff und Gott auf dem Rücken. Wie zwei Esel bepackt sind sie immer tiefer in den Wald gegangen. Tiefer. Immer tiefer. Dann haben sie eines Tages gedacht: Hier ist es gut. Hier ist ein Berg. Hier ist eine Quelle. Hier ist eine kleine Ebene am Berghang. Hier haben wir Schutz. Hier sind wir weit genug weg. Hier findet uns keiner. Nur Gott kann uns hier finden. Und als sie angekommen waren, haben sie sich wieder in Menschen verwandelt. Da hatten sie schon einen Winter im Wald hinter sich, denn mit kleinen Kindern kommt man nicht schnell voran.

Vater war ein kräftiger Mann. Sein Name war Alexeij Dimitrijew. Mutter sagte von ihm, er war bärenstark und konnte Bäume ausreißen. Aber in Wirklichkeit hat er eine Säge benutzt, um die Bäume zu fällen. Die Säge gibt es nicht mehr. Erst hat der Rost sie gefressen, und Sascha hat dann zerbrochen, was von ihr übrig war. Der Baumausreißervater war kräftig und groß und hatte eine hohe Stirn mit vielen Gedanken dahinter. Manchmal schlüpften sie aus dem Mund heraus, meistens aber durch die Augen. Vater hat uns mit Strenge den rechten Glauben, Gottes wahres Wort gelehrt. Wir haben alles aufgesaugt, wie die Erde nach dem Sommer den Regen aufsaugt. Alles, was er wusste, hat er mit uns geteilt. Er hatte gute Zähne.

Mutter hatte keine guten Zähne. Sie war eine weiche Frau. Sie war die kleinste von uns. Alles, was Mutter über Aussaat und Ernte wusste, hat sie mit uns geteilt. Mutter hat uns Lesen, Schreiben, Singen und Geschichtenerzählen gelehrt. Gott hat es gut mit ihr gemeint und gab ihr ein großes Herz, eine schöne Stimme und wache Augen. Mutter starb, als der Winter kam, der neun Monde gedauert hat. Da war ich schon eine Frau und habe geblutet. Es war der Winter, der so hart und lang war wie kein anderer: Es hatte bereits getaut und die Erde wurde weich, wir bestellten unser Feld, setzten Kartoffeln und das Korn in den Boden, aber dann kam der Winter zurück. Der Frost krallte sich lange in der Erde fest, bis tief in den Sommer hinein hielt er sich, so dass unsere Aussaat ganz erfroren war. Das war der Winter, in dem wir die Rinde von Bäumen, aus denen unser Drinnen gemacht war, aufgegessen haben. Aber davon wurden wir nicht satt und der Winter dauerte noch immer an. Dann haben wir Vaters Schuhe gegessen, seine waren die größten. Aber es war noch immer nicht genug und wir waren zum Jagen zu schwach. Da hat Mutter ihre Schuhe auch noch hergegeben und Gott hat sie zu sich geholt, weil die Schuhe nicht für alle reichten. Eines Morgens war sie einfach kalt gewesen. Das war der Winter, der neun Monde dauerte. Als die Sonne stärker und die Erde endlich weich genug war, haben wir Wurzeln gegessen, und als wir Kraft genug hatten, haben wir Mutter oben auf dem Hügel ein Grab gemacht mit einem Kreuz aus Holz. Wir waren sehr traurig.

Nun mussten wir uns beeilen und für den nächsten Winter sorgen. Es blieb ja nicht viel Zeit, und der nächste Schnee würde fallen. Zum Pflanzen hatten wir nur noch einige Erbsen und zwei Kartoffeln, die Natascha vor unseren Hungermäulern und dem Frost gerettet hatte.
Und dann geschah das Wunder! Die Männer waren gerade auf der Jagd, als wir es entdeckten. Gott hatte unsere Gebete erhört, ich glaube, Mutter hatte ihn erweicht. Gott ließ einen Roggenhalm in unserem Garten wachsen. Ein einziges Samenkorn war aufgegangen. Es war, als hätten wir Mutter gegeben und dafür diesen Halm erhalten. Wir erbauten einen Zaun aus Holz darum, damit kein Tier sich diese Kostbarkeit holte. Wir bewachten diesen einen Halm wie ein Neugeborenes. Tag und Nacht. Und Gott war gütig: Wir ernteten 18 reife Roggensamenkörner. Die haben wir im nächsten Jahr in die Erde gelegt. Und dann hatten wir schon über drei mal hundert Körner. Und im Jahr darauf dann so viel, dass wir wieder davon essen konnten. Eine Bohne hatte sich drei Jahre im Boden versteckt und kam nun wieder zum Vorschein. Wir dachten, wir hätten auch die Bohnen verloren, aber dies war gewiss Gottes und Mutters Werk. Wir behüteten und umsorgten dieses Pflänzchen gleich wie den Roggenhalm.

Um den Garten kümmerten sich nach Mutters Tod hauptsächlich Natascha und ich. Wir versteckten jeden Winter etwas vom Saatgut voreinander, so dass wir in der Hungerqual nicht doch darüber herfallen konnten. Eine von uns blieb immer stark genug. Gott hat Natascha viele Talente geschenkt. Sie hatte die besten Verstecke im Drinnen und war geschickt im Weben, Flechten und Flicken. Sie kannte die besten Plätze der Beeren. Von Mutter hatte sie die schlechten Zähne. Von ihr hatte sie auch die heilende Wirkung der Pflanzen und den Umgang mit Nahrung gelernt. Was sie zubereitete, schmeckte besser, als was ich kochte. Das lernten wir, als Gott Natascha zu sich holte. Das war fünf Winter und einen Sommer nach Mutters Tod. Natascha hatte sich im Winter einen Husten geholt, ich legte ihr Kräuter auf und gab ihr sogar Kartoffelumschläge. Aber sie trug den Husten tief in sich, bis in den Sommer hinein. So begab es sich aber, dass sie sehr erschöpft war und Gott sie zu sich nahm. Eines Morgens lag sie wie schlafend in unserem Lager. Aber sie schlief nicht.

An diesem Tag zweifelte ich an Gott. Warum hast du mir Natascha weggenommen, bist du so einsam, rief ich in den Morgen. Und Gott antwortete: Sorge dich nicht. Sie ist erlöst. Und ich verstand, warum Gott Natascha zu sich geholt hatte. Nicht er war einsam, Mutter war es. Nun erzählten sie sich ihre Träume von letzter Nacht.

Zu jener Zeit war Vater mit meinen Brüdern auf der Jagd. Es konnte noch Tage dauern, bis sie zurückkamen. Ich wartete einen Tag und wusch Natascha, bettete sie und betete. Ich wartete noch einen Tag und betete noch mehr. Ich wartete drei, vier, fünf Tage. Dann sah ich, dass der Körper meiner Schwester nur noch eine Hülle war. Sie war aus ihm herausgewichen, und er begann zu vergehen. Also ging ich auf den Hügel und hob neben Mutters Grab ein weiteres aus. Am nächsten Abend kamen die Männer von der Jagd zurück. Sie stürmten in unser Drinnen und riefen Natascha! Asja! denn sie hatten auf dem Hügel schon die zweite Grube gesehen. Nur wussten sie nicht, für wen sie war. Auch Natascha bekam ein Kreuz. Ich flocht ihr einen Kranz. Nun war ich die unseinzige Frau.

Gott hatte mir andere Talente gegeben als Natascha. Das erste Wort, das ich sagte, war LICHT. Das hat meine Schwester behauptet. Mutter sagte, es war MAMA, Vater sagte, es war PAPACHEN. Alle sagten, ich konnte gut mit Worten spinnen. Am Abend hieß es oft: Asjenka, erzähl uns etwas. Auch die Worte, wie man sie auf das Papier legt und wieder aufliest, habe ich schnell gelernt. Alles, was ich weiß, weiß ich von den Meinmeinen und von Doktor Jelena.

Nachdem Natascha auch bei Gott war, veränderte sich unser Leben. Von nun an ging ich mit auf die kleineren Jagden. Aber nur, wenn der Garten es zuließ. Mein Auge war gut zum Zielen. Und ich hatte eine Gabe, mich im Wald zu bewegen. Wir jagten mit Speeren, die vorn spitz waren, und mit Pfeil und Bogen. Vater sagte, ich mache die schönsten Pfeile. Sie flogen am besten. Als ich mein erstes Wildschwein traf, waren die Männer sehr stolz. Mit dem Messer schnitt ich dem Schwein die Kehle durch und dankte Gott. Es war mir weh im Herzen. Das Fleisch aber, wir aßen es gebraten und mit Pilzen, schmeckte mir wie nichts Anderes davor. Ich war voll Demut und Dankbarkeit. Und nie wieder danach schmeckte irgendetwas so. Aus dem Bach fingen wir Forellen. Es war die Zeit der guten Tage, dies war die Zeit, in der ich den Wald und die Tiere besser lesen lernte. Vater half mir im Sommer im Garten mit dem Gemüse. Wir hatten Roggen,

Kartoffeln, Erbsen und Bohnen. Unsere Ernte mussten wir oft ununterbrochen bewachen. Auch die Tiere waren hungrig. Es hatte sich unter ihnen herumgesprochen, dass in unserem Garten Gutes wuchs. Für den Winter trockneten wir Pilze, Erbsen, Bohnen, Beeren, Wurzeln, Kräuter, Fisch und Fleisch. Das waren Zeiten ohne Hunger. Hier teilt sich alles auf in die Zeit mit Frost und Schnee und die ohne. Dazwischen gibt es wenig. Vater und Mutter nannten alles, was wir tun, Arbeit. Sie sagten, dass da, wo sie herkamen, in der Stadtversammlung, die Menschen für Geld arbeiten. Das Geld tauschen sie für Essen ein, weil in der Stadtversammlung kein Wald ist, wo sie jagen können oder Pilze finden. Ich verstehe nicht, was Arbeit bedeutet. Ich nenne es leben, ich lebe einfach.

Im tiefsten Winter ging Sascha allein jagen. Er war der kräftigste von uns. Er konnte auch bei großem Frost tagelang im Wald bleiben. Ohne Schuhe und nur in Fell gewickelt. Sascha hatte gute Zähne. Er war sehr stabil. Er hat die besten Fallen gebaut und hetzte auch einen jungen Elch bis zum Tode. Es war selten, dass er im Sommer ohne etwas Brauchbares aus dem Wald zurückkam.

Nikolaj hatte schlechte Zähne, aber die Gabe des Feuers. Auch aus der kleinsten Glut konnte er wieder ein prasselndes Feuer entfachen. Als unserem Kessel der Boden durchging, baute er uns einen Ofen, der in der Erde war. Darauf konnten wir auch mit einem Holzgefäß kochen. Unser guter Nikolaj machte aus Tierknochen die feinsten Sachen. Nadeln. Pfeilspitzen. Kreuze. Eines Tages zerbrach er die Klinge unseres Messers. Wir konnten nicht mehr schnitzen. Keine Pfeile mehr. Nichts. Das war die Zeit ohne Messer. Und es war, als habe Nikolaj nicht nur die Messerklinge, sondern auch sein Innerstes zerbrochen. Das Jagen wurde nun sehr schwer. Nur Sascha schaffte es dennoch. Im Wald war er so leise wie ein Reh. Er war schnell und hatte Ausdauer und hetzte manches Tier. Gott gab Sascha ein großes Talent. Er konnte mit den Vögeln sprechen.

Auch Vater war einst ein guter Jäger. Mutter hat erzählt, dass Vater einen Braunbären erlegt hat. Gleich im ersten Sommer. Wir haben ihr nur geglaubt, weil es ein Bärenfell in unserem Bett gab.

Als das Messer kaputt war, begannen wieder hungrige Zeiten. Und wenige Tage danach fiel auch noch eine Horde Wildschweine in unseren Garten ein. Sie fraßen fast die ganze Kartoffelernte und alles, was ihnen niedrig genug wuchs. Vater war bei seiner Wache eingeschlafen, und wir merkten es erst bei Tagesanbruch. Es dauerte einige Jahre, bis wir wieder genug Gemüse hatten. In diesem Leben ist jeder Tag an seinem Platz und birgt Aufgaben in sich. Es gibt keine Zeit, die nicht an ihrem Ort ist.

Nikolaj nahm die ganze Schuld auf sich. Dass wir kein Gemüse hatten. Dass wir keine Pfeile und Speere mehr schnitzen konnten. Dass die Sonne schien. Dass Schnee fiel. Dass es regnete. Nikolaj schnürte sich alles Schwere auf seine Schultern. Davon fielen ihm die Zähne aus und er wurde ganz krumm. Da konnte Vater noch so oft sagen: *Es ist nicht deine Schuld, Nikolaj. Dinge werde alt, sie vergehen. Eine Messerklinge zerbricht, wenn sie schwach ist. Wir danken Gott, dass sie überhaupt so lange gehalten hat.* Nikolaj hat ihm nicht geglaubt und Gott nicht gedankt. Und weil ihm die Zähne ausgingen, konnte er kaum etwas zu sich nehmen.

Wir ließen ihm alles Weiche, davon hatten wir sehr wenig, aber er wollte keine Almosen. Er lutschte lieber einen ganzen Tag an einem Stück Fleisch. Nikolaj war wie eine welke Pflanze. Da war kein Lebenssaft mehr in ihm drin. Er starb im Herbst, als der Himmel tief hing. Im Regen hoben wir sein Grab aus, bevor der Frost kam. Wir machten auch ihm ein Kreuz. Ich flocht ihm einen Kranz aus buntem Laub. Nikolaj starb in der Zeit ohne Messer.

Findling. Ich weiß, dass du kommen wirst, eines Tages, weil schon einmal die Anderen hergefunden haben. Aber das ist lange her. Doktor Jelena Petrow ist gekommen und ihr Begleiter Wladimir Sergejewitsch Lukowsky. Da waren Mutter, Natascha und Nikolaj schon nicht mehr. Es war während der Jahre des Hungers. Wir hatten sie schon von weitem gehört und uns im Drinnen versteckt. Als sie dann zu uns reinkamen, habe ich laut geschrien. Auch Vater und Sascha hatten Angst. Wir haben sehr laut gebetet und Gott um Hilfe angefleht. Dann ist Doktor Jelena mit ihrem Begleiter rasch wieder gegangen. Sie haben sich in einer Entfernung auch ein Drinnen aufgebaut und haben uns gezähmt. Sie sprachen unsere Sprache und kamen viele Sommer, um uns vom Draußen zu erzählen, und wollten von uns alles wissen. Warum wir hier sind, wie wir leben und die Winter überstehen. Sie wollten wissen, wie wir unsere Kleidung machen und unsere Werkzeuge. Sie haben uns Geschenke gemacht: ein neues Messer. Eine Säge. Kleidung. Schuhe. Bücher, Abbilder und anderes Werkzeug. Wir nahmen das Messer, etwas Werkzeug und die Kleidung dankend an. Sie hatten einen Apparat, mit dem man Bilder einfängt. Sie haben Vater, Sascha und mich hier im Wald gefunden und darin eingefangen. Im Apparat drin. Ich habe es selbst gesehen. Vater kannte es aus der Zeit davor, aber anders. Sascha und ich kannten es nicht. Der Apparat ist ein Zauberwerk, ich weiß nicht recht, ob Gott damit einverstanden ist. Aber Doktor Jelena hat gesagt, es sei keine Sünde, in dem Apparat drin und von dort auf den Bildern zu landen. Eines habe ich als Geschenk bekommen. Eine Fotografie. Ich habe sie aber schon vor einer Zeit verbrannt. Es erschien mir eben doch als Sünde, ein Bild von mir zu haben. Ist es nicht eitel, sich selbst zu betrachten? Darf man ein anderes Bild haben als eines von Gott? Und dann dachte ich, dass Gott in allem ist. Sich durch alles ausdrückt. Auch durch mich. Also ist dieses Bild auch ein Bild von Gott. Und dann wurde mir klar: Diese eingefangene Frau ist doch eine andere, als ich jetzt bin. Dieser Augenblick ist doch längst vergangen. Gott ist nicht fest. Gott ist Bewegung. Veränderung. Und darum habe ich es verbrannt. Es ist nicht Prawoslawie.

Doktor Jelena hat uns erzählt, dass Stadtmenschen einen großen Vogel aus Metall gebaut haben. Dieser Vogel heißt Rakete. Mit dem Raketenvogel sind Menschen zum Mond geflogen! Das soll ich ihr glauben, und ich möchte es auch gern. Aber es erscheint mir so unerhört. Wie sollte der Mensch so etwas tun? Und warum zum Mond? Wo hier doch alles ist, was es braucht. Doktor Jelena hat auch gesagt, dass es Apparate gibt, da kann man Worte hineinsagen und Worte heraushören. Man muss eine Nummer eingeben von jemand anderem, der ganz weit weg ist. Und dann kann man mit ihm Worte austauschen, als säße man unter einem Baum zusammen. Ich brauche einen solchen Apparat nicht, ich kann Gott und die Meinmeinen immer hören.

Doktor Jelena hat mir auch Bilder gezeigt. Von vielgroßen Stadtversammlungen. Sie heißen Moskau. Und Paris. Die anderen habe ich vergessen. Da türmt und stapelt es sich und wimmelt nur so vor sich hin wie in einem Ameisenhaufen. Die Sommer mit Doktor Jelena und Wladimir Sergejewitsch waren voll von Austausch, wir hatten Freude aneinander. In den Wintern gingen sie zurück in ihre Stadt, weil sie die Kälte nicht vertrugen.

Eines Winters wurde Vater krank. Ich legte ihm Kräuter auf. Machte ihm Wickel. Aber es half nicht. Er starb in einer Vollmondnacht. Der Schnee lag hoch und der Wald war hell erleuchtet. *Asjenkamein.* Das war sein letztes Wort. Es war sehr kalt, und wir hatten vor dem Sommer keine Möglichkeit, ihm ein Grab auszuheben. So haben wir ihn draußen hingelegt und mit Schnee eingehüllt und mit Wasser übergossen, bis er ganz mit Eis bedeckt war. So konnten auch die Tiere ihn nicht holen.

Nun waren Sascha und ich allein. Es war, als ob alles zerfiel. Er wurde grob und verdüsterte sich. Eines Nachts hat er hat mich zu seiner Frau gemacht. Er wollte sich vermehren, weil es so in der Bibel steht. Er sagte: Wir sterben sonst aus. Vater hatte uns immer gelehrt, dass es Sünde ist: Wenn Bruder und Schwester sich erkennen. Und nun war Vater nicht mehr und Sascha wurde wild. Wir müssen Kinder zeugen, sagte er. Ich sagte ihm, dass ich nicht mehr blute. Dass ich mich nicht vermehren kann. Aber Sascha verstand nicht die Natur vom Körper einer Frau. Er gab mir die Schuld an der Fruchtlosigkeit und schlug mich oft.

Das Eis schmolz, und Vater taute aus dem Schnee wieder auf. Wir hoben ihm ein Grab aus. Ich legte Moos und Kraut hinein. Sascha machte das Kreuz. Mir war, als ob Vaters strenger Blick auf mir lag, als wir ihn in die Grube ließen. Wir beteten. Lass ab von mir, sagte ich. Ja, sagte Sascha.

Als Doktor Jelena mit ihrem Begleiter im Sommer wiederkam, merkte sie, dass etwas geschehen war. Sie dachte jedoch, es hatte mit Vaters Tod zu tun. Als Sascha über Schmerzen in der Seite klagte, sagte Doktor Jelena, das sind die Nieren. Sie gab ihm Medizin. Aber es wurde nicht besser. Sascha wand sich nachts vor Schmerz und verfluchte Doktor Jelena mitsamt der Medizin. Er war zu schwach, um wild zu sein, aber in ihm drin wirbelte es wie das Wasser unter einem Wasserfall. Da bot Doktor Jelena uns an, mit ihr in eine Stadt zu gehen, wo es bessere Medizin und ein Haus für Kranke gibt, damit sie wieder gesund werden. Aber Sascha wollte nicht. Ich auch nicht. Es vergingen keine zwei Monde, da holte Gott auch Sascha zu sich. Ich hob ihm ein Grab aus. Doktor Jelena und ihr Begleiter wollten helfen, aber ich musste es einfach allein machen. Es war ja mein Bruder. Ich hob es ihm aus. Ich legte ihn hinein. Machte ihm ein Kreuz und wand ihm einen Kranz. Da lagen sie jetzt alle. Nun war ich die Letzte von den Meinmeinen.

Es wurde Zeit, die Blätter fielen von den Bäumen.

Doktor Jelena und ihr Begleiter sind die einzigen Anderen, die ich kenne. Als Vater und Sascha tot und schon bei Gott waren, sind auch sie gegangen. Das Land wollte ihnen kein Geld mehr dafür geben, dass sie zu uns kommen. Uns allen wurde es schwer. Mich wollten sie mitnehmen. In ihre Stadt.

Aber ich habe gesagt: Lasst mich hier. Bitte. Ich gehöre hierher. Ich kenne nichts außer Gott und diesen Wald und seine Tiere. Da hat es aus Doktor Jelenas Augen geregnet. Sie hat mir dieses Heft gegeben und diesen Stift und die Fotografie. Und ich habe gesagt: Es ist gut. Geht nur, geht. Dann sind sie gegangen, bevor der Schnee kam. Ich habe ihnen hinterhergeschaut und gewinkt. Mehr Andere sind nicht gekommen.

Aber du wirst kommen, eines Tages, ich weiß es, du wirst kommen und mich den Hügel hinauftragen zu den Meinmeinen. Ich bin alt und schwach, meine Zähne sind auch alt und schwach. Es fällt mir schwer, Nahrung aufzunehmen. Ich weiß, dass ich den Frühling nicht mehr sehen werde. Wenn du mich findest, bitte, lege mich zu den Meinmeinen. Ich habe auch mir ein Grab ausgehoben. Vor langer Zeit schon, als ich noch genug Kraft hatte. Auch ein Kreuz liegt bereit. Es steht hier neben dem Bett. Mein Name steht drauf. Ich bin Asja. Das war mein Leben. Dies ist mein siebzigster Winter.

DANKE.

Julia Eichhorn und Lina Muzur für ihre Geduld, ihr Vertrauen und ihren Zugriff.

Stefanie Schelleis und Iris Kochinka für die Zusammenarbeit.

Sandra für ihre Lieder, ihre Verbundenheit und ihre Freundschaft. Saša für die allerletzte Minute. Gregorwitsch für die Lofoten. Simonika für alle Kaffeeanker. Meiner Familie fürs Familiesein. Daniel für seine Liebe, seinen Blick und seine Ruhe.

--- wau wau wau ---